셰익스피어 비극
리어왕
The Tragedy of King Lear

셰익스피어 비극
리어왕

초판 1쇄 | 2012년 5월 25일 발행
　　　2쇄 | 2017년 12월 20일 발행

지은이 | 셰익스피어
옮긴이 | 김재남
펴낸곳 | 해누리
펴낸이 | 이동진
편집주간 | 조종순
마케팅 | 김진용

등록 | 1998년 9월 9일(제16-1732호)

주소 | 서울시 영등포구 당산로 20길 13-1
전화 | (02)335-0414 팩스 | (02)335-0416
E-mail | haenuri0414@naver.com

ⓒ 해누리, 2012

ISBN 978-89-6226-031-1 (03840)

*무단전재와 무단복제를 할 수 없습니다.
*잘못된 책은 구입하신 서점에서 바꾸어 드립니다.

셰익스피어 비극

리어왕
The Tragedy of King Lear

김재남 옮김

KING LEAR

차례 머리말 · 6
작품 해설 · 9

장소, 등장인물 · 15

1막 1장 · 16
1막 2장 · 31
1막 3장 · 40
1막 4장 · 41
1막 5장 · 57

2막 1장 · 60
2막 2장 · 66
2막 3장 · 74
2막 4장 · 76

3막 1장 · 92
3막 2장 · 95
3막 3장 · 101
3막 4장 · 103

 일러두기
＊방백 _ 연극에서 등장인물이 말을 하지만 무대 위의 다른 인물에게는 들리지 않고 관객만 들을 수 있는 것으로 약속되어 있는 대사

3막 5장 · 112
3막 6장 · 114
3막 7장 · 120

4막 1장 · 128
4막 2장 · 133
4막 3장 · 138
4막 4장 · 140
4막 5장 · 142
4막 6장 · 145
4막 7장 · 159

5막 1장 · 166
5막 2장 · 170
5막 3장 · 172

셰익스피어 인물 소개
_ 셰익스피어의 생애 · 194
_ 셰익스피어는 실존 인물인가? · 209
_ 셰익스피어의 연표 · 213

머리말

　　　　　　　　　　　김재남(金在枏) 교수님은 셰익스피어 연구에 평생을 바치셨으며 이 분야에서는 우리나라에서 최고의 대가들 가운데 한 분이시다. 또한 이미 1964년에 '셰익스피어 전집'을 번역, 출간하셨는데, 이것은 한 개인이 셰익스피어의 작품 전체를 번역한 것으로서는 우리나라에서 최초인 것이었으며, 동시에 셰익스피어 전집의 번역 자체도 전 세계에서 일곱 번째에 해당하는 일이었다. 그 후 김교수님은 30년에 걸친 1995년에 이르기까지 셰익스피어 전집을 두 번 수정, 보완하셨다.
　김교수님의 이러한 탁월한 업적에 대해 우리나라의 영문학계를 대표하시는 분들이 다음과 같이 평한 바가 있어서 여기 소개한다.

　"셰익스피어를 번역하는 사람은 먼저 그의 작품들을 계통적으로 연구한 전문학자라야 할 것이다. 또한 난해하거나 영묘한 셰익스피어의 표현을 우리말로 옮기는 데는 문학적 재능이 필요하다. 김재남 교수는 위에서 말한 두 가지 조건을 구비한다. 학계와 연극계의 일치된 요망에 부응하는 최초의 ≪셰익스피어 전집≫이 김재남 교수의 손으로 되어 나온다는 것은 지극히 타당한 일이

라 생각한다."_ 문학박사 최재서, 1964년 초판 서문에서

"셰익스피어 번역에는 참으로 어려운 문제들이 많다. 김교수는 이 방면에 훌륭한 준비를 갖추었고 그의 노력과 열의는 높이 평가되어야 할 분이라, 이 전집 번역을 혼자 힘으로 이룩한 데 대해 경의와 찬사를 아낄 수 없다. 극문학에 큰 공헌이 될 것을 의심하지 않는 바이다."_ 문학박사 권중휘, 1964년 초판 서문에서

"이 힘들고, 범인으로서는 불가능한 일을 할 수 있는 비범한 사람이 있는가? 과연 우리에게는 용기와 끈기와 추진력에다 능력과 자격을 겸비한 적격자가 있는가? 김재남 교수님이야말로 이 모든 것을 갖춘 비범한 적격자의 한 분이라고 나는 감히 말할 수 있다. 1964년에 셰익스피어 탄생 400주년에 맞추어 선생님은 셰익스피어 전집 번역본을 단독으로 내셨다. 이것은 우리나라의 보통 큰 문화적 사건이 아니었다. 세계적으로도 손가락으로 셀 수 있을 정도의 소수이며, 더구나 단독 완역은 한둘이나 될까 매우 드문 일이기 때문이다."_ 문학박사 이경식, 1995년 3정판 서문에서

"김재남 교수는 우리 영문학계에서 '한 우물만을 판' 사람으로 유명하다. 그에게 있어서 셰익스피어는 학문의 전부였고 아마도 인생의 전부이기도 했을 것이다. 그의 평소의 신념이 작품이란, 더욱이 셰익스피어 같은 대고전은 읽고 또 읽어야 그 진가를 알 수 있다는 것이었다. 그의 문학을 대하는 태도는 이렇듯 정통적이고 비타협적이었다. 그렇기 때문에 그의 번역도 몇 번이고 새로워질 수밖에 없었을 것이다."_ 문학박사 여석기, 1995년 3정판 서문에서

이번에 김재남 교수님의 번역본을 다시 출간하게 된 것은 김재남 교수님과

조성식(趙成植, 前 고려대학교 명예교수, 학술원 회원) 교수님 사이에 맺어진 절친한 우정 때문이다. 나는 나의 장인어른이신 조교수님으로부터 두 분의 우정에 관한 이야기를 평소에 많이 들어왔고 또한 김재남 교수님의 번역본을 해누리에서 다시 출간했으면 좋겠다는 말씀을 자주 들었다. 그래서 몇 해 전에 김재남 교수님의 사모님에게 감히 전화를 걸어 구두로 허락을 받았고 이제 드디어 출간하게 된 것이다. 다만 김재남 교수님의 번역본이 현재의 독자들에게 좀 더 읽기 쉽고 이해하기 쉬운 것이 되도록 위해 난해한 한자어를 풀이하는 등 약간의 수정을 거쳤으며 재미있는 관련 삽화들을 가능한 한 많이 수록했다.

이 출간을 통하여 김재남 교수님의 탁월한 업적이 앞으로도 계속해서 더욱 빛나게 되기를 진심으로 바랄 따름이다.

2011년 12월

李東震
(시인, 작가, 前 외교통상부 대사, 월간 착한이웃 발행인)

작품 해설 | 리어왕
The Tragedy of King Lear

'리어 왕'의 제작 연대는 1605년으로 추정된다. 상연에 관한 가장 오래 된 기록으로는 1606년 12월 26일 궁정에서의 상연 기록이 있다. 그리고 최초의 인쇄판으로 1608년의 4절판이 있다. 리어 왕의 이야기는 12세기 초 먼머드의 제프리가 라틴어로 쓴 '영국 열왕기'에 벌써 나오고 있으나, 이 극의 주요한 출원은 홀린셰드의 사기인 듯하다.

아득한 원시 시대의 몽롱한 배경에서 벌어지는 배신과 망은의 이 비극은, 극장에서는 도저히 효과적으로 상연해 낼 수 없다고 생각될 만큼 그 규모가 우주적이며 거대하다. 그 등장인물들 또한 자칫 하면 선인과 악인, 두 종류의 상징에 그치고 말 뻔할 정도로 보편적 인물들이다.

리어 왕은 노령에 국토 분배에 있어 큰딸과 둘째 딸의 감언을 곧이듣고 막내딸 코델리아의 솔직한 말에 격분한다. 셰익스피어의 다른 극에서도 되풀이되는 주제인 외관과 실제 사이의 어긋남을 리어 왕은 간파하지 못한 것이다. 그러나 이제 노왕은 차츰 진실을 깨닫기 시작하여, 마침내 그는 폭풍이 몰아치는 속에서 광란하고, 화륜에 묶여서 고문을 당하는 것과 같은 지옥의 고역을 대가로 그의 광란한 마음은 비로소 실체를 파악하게 된다.

셰익스피어의 비극에 있어서 충성과 망은은 가장 큰 미덕과 악덕의 대립적인 주제이기도 하다. 충성은 인간의 정신을 순화시켜주고, 악덕은 인간의 영혼을 지옥의 업화로 몰아넣게 마련이다. 맥베드의 말처럼 원래 서투른 배우에 지나지 않은 우리 인생은 지적인 통찰력이 결핍한 경우는 실체를 파악하지 못하는 오류를 범하게 마련이다. 그러나 그러한 오류는 시련과 진통의 대가로 비로소 시정하게 된다. 글로스터 백작의 경우도 그렇다. 그는 서자 에드먼드의 교언을 곧이듣고 적자 에드거의 진실을 멀리한다. 이 역시 허위와 진실을 간파하지 못한 경우이다. 그러나 그는 악인들에 의해 두 눈을 뽑히고 나서야 겨우 심안으로 진실을 보게 된다. 이와 같은 역설은 셰익스피어의 여러 극의 단면이기도 하다.

리어 왕은 코델리아의 진실을 알아보지 못했던 탓으로 광란의 연옥을 헤매야만 했다. 그러한 리어 왕과 글로스터 백작은, 그와 같은 시련의 대가에 의해 비로소 눈이 뜨인다. 그러나 이 극의 악인에 의해 표현되는 망은, 배신, 이기, 야욕 등등은 구원받을 희망이 없다. 이 극의 선인들, 리어 왕을 비롯하여 글로스터 백작, 켄트 백작, 에드거, 코델리아 등은 모두 다 업화와도 같은 고난을 용케 이겨냄으로써 마침내 초월하는, 그리고 승화된 미의 경지에 이른다.

이 밖에도 이 극은 여러 가지 문제를 내포하고 있다. 인간의 목숨을 파리 목숨같이 생각하고 있는 것 같은 신에 대한 문제, 선인과 악인을 가리지 않는 무

자비한 것 같은 정의의 문제, 그리고 이 극에서 여러 번 되풀이되고 있는 자연의 심상 등등, '리어 왕'의 세계의 자연관은 불가사의 하고 때로는 아름답기조차 하다. 이 극의 인물들은 숙명적으로 고난과 갈등을 안고 태어났으며, 그들은 동물로부터 인간으로 탈바꿈하는 데 있어 커다란 진통을 겪어야만 했다. 그들의 마음은 모두 다 자기 분열의 고통을 사랑과 위대한 신의 존재를 인식하게 된다. 더구나 이 극의 악인들은 자신과 타인들에게 불행을 안겨주고, 사악한 인간성은 자학적이자 자기 모순적이다. 그러나 선인들의 경우뿐만 아니라 거너릴, 리건, 에드먼드 등 악인들의 경우조차도 마침내는 사랑을 깨닫고 사랑을 위해서 죽는다.

셰익스피어의 비극에서는 이와 같은 고난의 향불이 신의 제단에 바쳐짐으로써 인간의 영혼은 구제되기 마련인 것이다.

King Lear

리어 왕

(1605)

리어왕
The Tragedy of King Lear

이 흉악한 마녀 같은 것들아!
반드시 복수를 하겠어. 두고 봐라. 반드시 할 테야.
무엇을 할는지 아직은 나도 모르겠지만, 온 세상이 벌벌 떨 그런 복수를 할 테야.
네년들은 내가 울 것이라고 여기지만 나는 절대로 안 울어.
이 심장이 수만 조각으로 찢기어 갈라지기 전에는 울지 않을 테야.
아, 광대야, 나는 미칠 것 같구나.

_ 리어왕이 거너릴, 리건 두 딸에게(2막 4장)

장소

브리튼 Britain

등장 인물

리어 왕 King Lear	브리튼 왕
거너릴 Goneril	리어 왕의 장녀
리건 Regan	리어 왕의 차녀
코델리아 Cordelia	리어 왕의 막내딸
프랑스 왕 King of France	코델리아의 구혼자, 훗날 그녀의 남편
버건디 공작 Duke of Burgundy	코델리아의 구혼자
콘월 공작 Duke of Cornwall	리건의 남편, 리어왕의 사위
올버니 공작 Duke of Albany	거너릴의 남편, 리어왕의 사위
켄트 백작 Earl of Kent	나중 케이어스 Caius로 변장
글로스터 백작 Earl of Gloucester	
에드거 Edgar	글로스터 백작의 아들, 나중에 가난뱅이 톰 Poor Tom으로 변장
에드먼드 Edmund	글로스터 백작의 서자(庶子)
큐런 Curan	글로스터 백작의 가신(家臣)
노인 Old Man	글로스터 백작의 하인
광대 Lear's Fool	리어 왕의 궁중 어릿광대
오즈왈드 Oswald	거너릴의 집사
대장 Captain	에드먼드의 부하
신사 Gentleman	리어 왕을 모시는 기사
신사 Gentleman	코델리아의 시종, 시의(侍醫)
전령 Herald	
하인 Servant	콘월의 하인
리어 왕의 기사들, 다른 시종들, 전령들, 병사들, 하인들, 나팔수들	

리어 왕의 왕궁. 국왕의 공식 접견실.

❧ 켄트 백작, 글로스터 백작, 그의 서자 에드먼드가 등장한다.

켄트   폐하께서는 콘월 공작보다 올버니 공작을 더 생각하고 계시는 것 같아요.

글로스터	언제나 그런 것 같았지요. 하지만 영토 분배에 있어서는 어느 쪽 공작을 더 생각하고 계시는지 분간하기 어려울 정도로 분배가 똑같이 잘 계량되어 있으니, 아무리 세밀히 조사해 보아도 어느 한 쪽의 몫이 더 낫다고 할 수는 없는 것 같지요.
켄트	저 사람은 아드님이지요?
글로스터	양육은, 글쎄, 내가 했어요. 저 애를 내 아들이라고 할 때마다 난 얼마나 얼굴을 붉혔던지 이젠 철면피가 되어 버렸다고요.
켄트	무슨 말씀인지 못 알아듣겠군요.
글로스터	저 애 어미는 내 말을 잘 알아듣고 배가 점점 불룩해졌어요. 그래서 자기 침대에 정식으로 남편을 맞이하기도 전에 요람에 나의 아기를 재우게 되었지요. 나쁜 냄새가 나는 것 같은가요?
켄트	글쎄, 그 나쁜 일의 결과로 아들이 저렇게 훌륭하니, 그런 잘못은 오히려 잘하신 일이지요.
글로스터	그러나 내게는 정당한 적자(嫡子)가 하나 있는데, 특별히 귀엽지는 않지만 나이가 이놈보다 한 살쯤 더 위지요. 누가 기다리기도 전에 이놈은 주제넘게 태어난 놈이지만, 이놈의 어미는 예뻤고 이놈이 생겨나기까지에는 상당히 재미를 보았기 때문에 사생아지만 자식으로 인정할 수밖에 없게 된 거지요. 에드먼드, 너, 이 어른을 뵌 적이 있느냐?
에드먼드	아니요, 없어요.
글로스터	켄트 백작이야. 내가 존경하는 친구니까 앞으로 잘 모셔라.
에드먼드	인사드리겠어요.
켄트	어이, 잘 있었나? 이제 가까이 지내도록 하자.
에드먼드	앞으로 각하의 의향에 맞도록 노력하겠어요.
글로스터	이놈은 9년이나 외국에서 지냈는데 또 나가기로 되어 있지요. *(나*

팔 소리가 울린다.) 폐하께서 나오시는군요.

❧ 왕관을 받들어든 자를 선두로 하여 리어 왕, 콘월, 올버니, 거너릴, 리건, 코델리아, 시종들이 등장한다.

리어 왕 글로스터 백작! 프랑스 왕과 버건디 공작을 잘 접대하시오.
글로스터 예, 분부대로 하겠습니다. (글로스터와 에드먼드가 퇴장한다.)
리어 왕 그러면 짐이 지금까지 가슴속에 품고 있던 계획을 이제 말해주겠소. 저 지도를 이리 가져와라. (켄트 백작 또는 시종이 리어왕에게 지도를 준다.) 우선 짐은 이 왕국을 셋으로 나누어 놓았소. 짐의 확고한 결심을 말하자면, 이제 모든 정치적 근심과 나라 일을 이 노인의 어깨에서 젊고 기운 있는 사람들의 어깨로 넘겨주고, 짐은 홀가분한 몸으로 죽음을 향한 여행을 떠날 작정이라는 것이오. 나의 사위 콘월 공과 또한 그에 못지않게 사랑스러운 사위 올버니 공에게 말하겠는데, 짐은 나의 두 딸이 각각 받을 결혼 재산을 발표하려 하오. 이것은 오로지 훗날의 골육상잔(骨肉相殘)의 불씨를 없애기 위한 것일 따름이오. 프랑스 왕과 버건디 공작은 짐의 막내딸에게 구혼하고 서로 경쟁하면서 이미 오랫동안 이 궁정에 머물러 있었는데, 그들도 오늘 여기서 대답을 듣게 될 것이오. 자, 내 딸들아, 나는 이제부터 국가의 통치권과 영토 소유권, 행정 책임 등을 모두 벗어버릴 작정인데, 도대체 너희 가운데 누가 이 아비를 제일 사랑하고 있는지 말해 보아라. 사랑과 효성이 제일 극진한 딸에게 나는 제일 많은 몫을 주겠다. 거너릴, 너는 맏딸이니까 먼저 말해 보아라.
거너릴 저는 말로는 도저히 표현할 수 없을 정도로 아버님을 사랑해요.

시력(視力)보다도, 자유로 처분할 수 있는 넓은 토지보다도 소중하신 아버님으로서, 값지고 희귀한 그 어느 것보다도 귀중하시고, 사랑과 미와 건강과 명예가 구비된 인생보다도 소중하신 아버님으로서, 일찍이 자식이 바치고 어버이가 받은 바 있는 최대의 애정으로 아버님을 사랑하지요. 숨이 차고 말이 막힐 정도의 효성으로, 그 어느 것에도 비교할 수 없는 애정으로 아버님을 사랑하고 있어요.

코델리아 *(방백)* 이 코델리아는 무슨 말을 하지? 나는 잠자코 사랑하고만 있어야지.

리어 왕 *(지도를 가리키면서)* 이 경계선부터 이 경계선까지, 울창한 숲과 기름진 평야와 어획고가 많은 강과 광활한 목장을 포함하는 이 지역 전체를 너의 영토로 하겠어. 이것은 영원히 너와 올버니의 자손이 차지하는 거야. 그 다음, 내가 지극히 사랑하는 둘째 딸 리건, 콘월의 부인은 뭐라고 말하겠느냐?

리건 저도 언니와 똑같은 심정이에요. 그러니 가치도 동등하다고 생각하고 있어요. 정말이지 언니는 저의 효성을 있는 그대로 표현했어요. 다만 말의 부족을 보충한다면, 저는 아무리 고귀한 감각이 누리는 즐거움이라 해도 효성 이외의 즐거움은 적으로 여기고, 오로지 소중한 아버님께 대한 사랑 안에서만 행복을 느끼고 있어요.

코델리아 *(방백)* 그렇다면 난 가련한 코델리아야. 하지만 그렇지도 않아. 나의 애정은 말로는 표현 못할 만큼 무게가 있으니까.

리어 왕 이 훌륭한 국토의 3분의 1이 너와 네 자손의 영구한 세습 영토야. 넓이로나 가치로나, 기쁨을 주는 능력에서나, 거너릴에게 준 것에 비해 조금도 손색이 없는 것이지. *(코델리아에게)* 다음은 나의 기쁨거리인 네 차례야. 막내딸이지만 너에 대한 나의 사랑은 결코 제일 적은 것이 아니지. 포도의 나라인 프랑스의 왕과 목장이 광활한 버건디의 공작이 너의 사랑을 얻으려고 지금 경쟁 중이지만, 네 언니들이 받은 것보다 더 비옥한 셋째 영토를 받기 위해 너는 무슨 말을 하겠느냐?

코델리아　　할 말이 없어요.

리어 왕　　　할 말이 없다?

코델리아　　할 말이 없어요.

리어 왕　　　아무 말도 없으면 아무런 소득도 없을 게야. 다시 말해 보아라.

코델리아　　불행히도 저는 제 심정을 말씀드릴 수가 없어요. 저는 아버님을 자녀의 의무에 따라 사랑해요. 그 이상도 그 이하도 아니에요.

리어 왕　　　뭐라고? 코델리아! 말을 좀 고쳐서 하면 어떻겠느냐? 네 재산에 피해가 가지 않도록 말이야.

코델리아　　아버님, 아버님은 저를 낳으시고 기르시고, 그리고 사랑해 주셨어요. 그 은혜에 대한 보답으로 저는 당연히 제 의무를 다하겠어요. 아버님께 복종하고, 아버님을 사랑하며, 아버님을 그 누구보다도 공경해요. 언니들은 오직 아버님만을 사랑한다고 하지만, 그렇다면 왜 남편을 맞이했나요? 혹시라도 제가 결혼한다면, 저와 결혼을 맹세하는 남편은 저의 애정과 심려와 의무의 절반을 가져갈 거예요. 저는 언니들처럼 오직 아버님만 사랑하려면 결혼은 하지 않겠어요.

리어 왕　　　그게 네 진심이냐?

코델리아　　네, 그래요.

리어 왕　　　그토록 젊으면서 그토록 완고할 수가 있느냐?

코델리아　　젊지만 마음은 정직해요.

리어 왕　　　좋아. 그러면 그 정직을 네 지참금으로 지닌 채 살아라! 태양의 성

　　　　　스러운 위광에 걸고 맹세하지만, 마법의 여신 헤카테 Hecate와 밤
　　　　　의 은밀한 예식들 그리고 우리의 생사를 좌우하는 별들의 작용에
　　　　　걸고 맹세하지만, 나는 아버지로서 품는 애정도, 핏줄이 가깝고
　　　　　피가 같다는 것도 모두 부정하고, 이제부터 영원히 너를 나와 전
　　　　　혀 무관한 남이라고 여기겠어. 스키티아 Schythia의 야만인이나
　　　　　식욕을 채우려고 자기 육친을 잡아먹는 놈이 오히려 한 때 딸자식
　　　　　이었던 너보다 내 가슴에 더 가깝다고 여기고, 그를 측은하게 생
　　　　　각하여 도와줄 테야.
켄트　　　폐하!

리어 왕	듣기 싫다, 켄트! 왕의 역린(逆鱗)을 건드리지 마라. 군주의 분노를 자초하지 말란 말이야. 나는 저 딸을 제일 사랑했고, 저 딸의 보호를 받으며 여생을 보낼 작정이었어. *(코델리아에게)* 나가라. 꼴도 보기 싫어! 저 딸에 대한 아버지의 애정을 끊어버렸으니 이제는 무덤이 나의 안식처가 될 수밖에 없구나! 프랑스 왕을 불러들여라! 아무도 꼼짝달싹하지 않느냐? *(시종 한 명이 퇴장한다.)* 버건디 공작을 불러들여! 콘월과 올버니는 두 딸에게 준 재산 이외에 내가 막내딸에게 주려던 재산도 나누어 가져라. 막내딸은 자기가 정직이라고 부르는 오만을 지참금으로 삼아 시집가게 하라. 너희 둘에게만 나의 권리와 통치권과 왕위에 따르는 영예와 권위 일체를 넘겨주고, 나는 너희들이 부양해야 할 백 명의 기사를 거느린 채 한 달씩 교대로 두 집에 머무르면서 생활하기로 하겠어. 나는 오직 왕이라는 명칭과 영예만 보유하고, 국가의 통치며 수입이며 기타의 집행권은 일체 너희들 두 사위에게 맡기는 거야. 그 증거로 이 자리에서 이 왕관을 너희 두 명의 공동 소유로 주지. *(왕관을 그들에게 준다.)*
켄트	폐하! 저는 항상 국왕 폐하를 공경하고 부친같이 사모하며, 군주로 모시고 따르며, 그리고 저의 기도 중에 위대하신 보호자로 여기지요.
리어 왕	활은 당겨졌으니 화살에 맞지 않도록 하라.
켄트	차라리 쏘세요. 그 화살촉에 제 심장이 뚫리는 한이 있더라고 괜찮아요! 리어 왕의 마음속에 광기가 들어있다면 켄트도 예의만 지키고 있을 수는 없다고요. 노인, 왜 이러세요? 국왕이 아부에 굴복할 때 충신이 간언하기를 두려워한다고 생각하시나요? 임금이 어리석은 행동을 한다면 명예를 존중하는 신하는 직언을 아니 할 수

리어 왕 : 듣기 싫다, 켄트! 왕의 역린(逆鱗)을 건드리지 마라.

리어왕으로 분장한
19세기 배우 어빙 Henry Irving

없지요. 왕국을 예전 그대로 보존하세요. 그리고 심사 숙고하셔서 이번의 경솔하고 망측한 처분을 거두세요. 제 판단이 틀렸다면 목숨을 내놓겠지만, 막내 따님은 절대로 효심이 뒤떨어지는 게 아니지요. 또한 목소리가 낮아 쩡쩡 울려 대지 않는다 해서 진심이 비어 있는 것도 아니고요.

리어 왕   목숨이 아까우면 아무 말도 마라, 켄트!

켄트   제 목숨은 폐하의 적과 싸우기 위해 언제든지 버릴 각오가 되어 있지요. 폐하의 한 몸을 위해서 버린다면 조금도 아깝지 않아요.

리어 왕   물러가라. 보기 싫다!

켄트   눈을 뜨고 잘 보세요. 그리고 항상 저를 폐하의 눈의 진정한 과녁으로 삼으세요.

리어 왕   정말 아폴로 신에 걸고 맹세하지만 말이야.

켄트	정말 아폴로 신에 걸고 맹세하지만, 폐하의 맹세는 쓸데없어요.
리어 왕	이 불충한 놈! 불한당! *(칼에 손을 댄다.)*
올버니, 콘월	참으십시오, 폐하!
켄트	훌륭한 의사는 죽이시고, 매독 같은 아첨에게 사례를 하세요. 아까 하신 말씀을 취소하지 않으신다면, 이 목에서 소리가 나오는 한 그건 절대로 잘못이라고 규탄하겠어요.
리어 왕	이 고약한 놈! 충성 맹세를 잊지 않았다면 내 엄명을 들어 보아라! 짐이 여태껏 깨뜨려 본 적이 없는 짐의 맹세를 너는 짐으로 하여금 깨뜨리게 하려고 했을 뿐만 아니라, 불손한 태도로 짐의 선고와 왕권 사이에 개입하여 짐의 성격상으로나 지위 상으로나 도저히 참지 못할 일을 짐으로 하여금 하게 하려고 했어. 자, 국왕의 실권이 어떠한 것인지 맛을 좀 보아라. 5일간 여유를 줄테니 너는 그 동안에 세파의 역경을 피할 수 있는 준비를 해라. 다만 엿새째에는 이 왕국으로부터 그 밉살스런 등을 돌려라. 만일 열흘 후에도 네가 추방된 몸을 국내에 둔다면 발견되는 즉시 사형에 처하겠어. 나가라! 주피터 신에 걸고 맹세하지만 이 선고는 절대로 취소하지 않겠어.
켄트	그럼, 안녕히 계세요. 정 그러시다면 이 나라에는 자유는 없고 추방만 있을 뿐이지요. *(코델리아에게)* 모든 신들이 공주님을 보호해 주시기를 기원해요. 공주님의 마음은 정당했고 말씀은 성실했어요. *(리건과 거너릴에게)* 두 분의 거창한 말씀이 실행되고 좋은 결과가 효심의 말에서 돌아나기를 빌어요. 그러면, 아, 귀인 여러분, 켄트는 이렇게 작별의 인사를 드리지요. 이제 새로운 나라에서 예전처럼 솔직하게 살아가겠어요. *(켄트 백작이 퇴장한다.)*

🎺 *우렁찬 나팔 소리. 글로스터 백작이 프랑스 왕과 버건디 공작을 안내하여 등장한다.*

글로스터　프랑스 왕과 버건디 공작을 모셔왔어요.

리어 왕　버건디 공작, 공작에게 먼저 묻겠는데, 여기 계신 프랑스 왕과 더불어 짐의 막내딸을 두고 경쟁하는 공작은 대체, 이 딸의 지참금으로 최소한 얼마만큼을 요구하는 거요? 아니면, 이대로 구혼을 포기하겠소?

버건디　국왕 폐하, 이미 정해 놓으신 몫 이상은 바라지도 않고, 또한 폐하께서 그 이하를 주시리라 생각지도 않지요.

리어 왕　버건디 공작, 저 애가 귀여웠던 시절엔 짐도 그렇게 생각했지만 지금은 가치가 떨어졌소. 저기 저렇게 서 있소. 저 작은 외관이, 또는 저 몸 전체가 마음에 드신다면, 내 노여움밖에는 아무것도 안 가진 빨가숭이니까, 어서 데려가시오.

버건디　폐하, 뭐라고 말할 수 없군요.

리어 왕　결점 투성이에다가 편들어 주는 사람도 없이 아비의 미움까지 받은 처지며, 게다가 아비의 저주를 지참금으로 하여 아비의 맹세로 의절 당한 딸년인데, 그래도 맞이해 갈 거요? 아니면 포기할거요?

버건디　죄송하지만, 폐하, 그러한 조건으로는 도저히 저와 연분이 될 수 없군요.

리어 왕　그러면 포기하시오. 나를 만들어 주신 신에 걸고 맹세하지만, 저 애 재산은 그것이 전부니까요. *(프랑스 왕에게)* 대왕이시여! 대왕과의 평소 정분을 생각하면, 내가 증오하는 딸을 감히 아내로 삼으라고 하지는 못하겠군요. 그러니 창조의 여신조차 자신의 창조물이라고 인정하는 것마저 창피하게 여기는 몰인정한 년보다는

	더 훌륭한 여자에게 사랑을 돌리도록 하시오.
프랑스 왕	참으로 기괴한 일이군요. 조금 전까지도 지극한 사랑의 대상이었고, 칭찬의 주제, 노년기의 위안, 가장 크고 깊은 사랑의 대상이던 따님이 무슨 나쁜 죄를 범했기에 순식간에 이토록 여러 겹의 총애를 잃고 말다니요! 정녕 그 죄는 인륜에 어긋나는 해괴한 죄겠지요. 그런 게 아니라면 그렇게도 자랑이시던 사랑이 타락해 버리겠어요. 하지만 따님에게 그런 일이 있으리라고는, 기적이 아닌 한, 이성으로는 믿어지지 않는군요.
코델리아	(리어 왕에게) 폐하께 부탁드리겠어요. 제가 마음에 없는 것을 술술 잘 지껄이지 못하는 것이 흠이라 해도, 저는 마음에 생각한 것을 말보다는 실행으로 해요. 그러니 부디 한 마디만 변명하게 해 주세요. 제가 아버님의 총애를 상실한 것은 결코 악덕의 오명, 살인 또는 망측한 과오 때문이거나, 음탕한 짓 혹은 불명예스런 행동 때문이 아니라, 단지 남의 안색을 살피는 눈이나 아첨하는 헛바닥을 가지지 않았기 때문이에요. 그런 게 없어서 아버님의 역정을 샀다 해도 그런 것은 없는 편이 오히려 저로서는 훌륭하다고 생각해요.
리어 왕	너 같은 건 차라리 태어나지 않았더라면 더 좋았을 게야. 아비의 마음에 거슬리는 건 고사하고라도.
프랑스 왕	오직 그런 이유뿐인가요? 마음먹은 것을 말하지 않고 실천하는 말수 적은 천성 때문이라고? 버건디 공작, 공작은 이 부인에게 뭐라고 답변하겠어요? 사랑이 본질과 떠나 타산적이라면 그것은 진정한 사랑이 아니지요. 공작, 결혼할 거요? 공주님은 그 인품 자체가 훌륭한 결혼 지참금이지요.
버건디	(리어 왕에게) 국왕 폐하, 폐하께서 처음에 주시기로 한 것만이라

코델리아로 분장한
19세기 여배우 테리 Ellen Terry

           도 주세요. 그러면 저는 이 자리에서 곧 코델리아 공주를 아내로 맞이하여 버건디 공작 부인으로 삼겠어요.

리어 왕   아무것도 못 주겠소. 짐은 천지신명께 굳게 맹세했소.

버건디   *(코델리아에게)* 그렇다면 유감스럽지만 당신은 아버지를 잃었기 때문에 남편도 잃을 수밖에 없어요.

코델리아   안심하세요, 버건디 공작! 재산을 노리는 혼담이라면 전 거절하겠어요.

프랑스 왕   아름다운 코델리아 공주, 당신은 아무것도 없어도 가장 부유하고, 버림받았어도 가장 소중하며, 멸시를 받았어도 가장 사랑받는 분이지요. 미덕을 구비한 당신을 나는 이 자리에서 내 손에 넣겠어요. 버려진 것을 줍는 것은 괜찮겠지요. *(코델리아의 손을 잡는다.)* 참 이상하게도, 주위 사람들은 몹시 멸시하는데 오히려 나의 사랑은 화염같이 더욱 열렬해지다니! 폐하, 지참금도 없이 그저 내게 내던져진 따님은 나의 아내, 우리 국민의 왕후, 우리 프랑스의 왕비지요. 수로는 발달했지만 별것 아닌 저 버건디의 공작의 자자손손도 값 모를 만큼 귀중한 이 아가씨를 나에게서 사가지는 못해요. 코델리아 공주, 저분들이 인정 없다 하더라도 작별 인사를 하세요. 이곳을 떠나도 더 좋은 곳이 있다고.

리어 왕   프랑스 왕이여, 저애를 맡아서 차지하시오. 나에게는 저런 딸년은 없어요. 두 번 다시 얼굴을 보고 싶지도 않아. 빨리 떠나라. 은혜도 애정도 축복도 못 주겠어. 우린 들어갑시다, 버건디 공작.

    나팔 소리. 리어 왕, 버건디 공작, 콘월 공작, 올버니, 글로스터 백작, 그 밖의 시종들이 퇴장한다.

프랑스 왕   언니들에게 작별 인사를 하세요.
코델리아   아버님의 소중한 언니들, 코델리아는 눈물을 흘리며 작별하겠어요. 언니들의 본심은 잘 알지만, 동생으로서 언니들의 결점을 공개하기는 싫어요. 다만 아버님을 잘 모시세요. 아까 언니들이 공언한 효도에 아버님을 맡기겠어요. 아, 나는 아버님의 사랑을 잃지 않았더라면 아버님을 좀 더 좋은 곳에 맡기고 싶어. 그럼, 두 언니들, 안녕히 계세요.
거너릴   우리가 할 일을 네가 지시 할 필요는 없어.
리건   그것보다 네 남편의 비위나 잘 맞춰라. 하찮은 동냥을 받는 셈치고 너를 받아들인 남편이니까. 효도가 부족한 탓이니 네가 당한 궁핍은 당연한 거야.

코델리아   때가 되면 술책은 탄로나고, 허물은 감추고 있어도 마침내는 창피를 당하여 웃음거리가 되게 마련이에요. 그럼, 두고두고 행복하게 지내세요.

프랑스 왕   자, 갑시다, 코델리아 공주. *(프랑스 왕과 코델리아가 퇴장한다.)*

거너릴   이봐, 우리 둘에게 직접 관계있는 일을 좀 의논해야겠어. 아버님은 오늘 밤에 떠나실 것 같아.

리건   그래요, 언니네 집으로. 그리고 다음 달에는 우리 집으로.

거너릴   늙으셔서 망령이 심해. 잘 관찰해 보니 어지간하시더군. 여태껏 줄곧 막내를 제일 애지중지하셨는데도 터무니없이 추방해 버리다니 너무 무모하시잖아.

리건   망령이 나신 거지 뭐예요. 하지만 지금까지도 자기 자신에 관해서는 알지 못하셨지요.

거너릴   가장 건전하셨을 때도 성미가 급하셨는데, 이제는 늙으셨기 때문에 오랫동안 고질이 된 성벽에다가 늙어서 더욱 성깔을 부리시니, 걷잡을 수 없는 망령이지 뭐야. 이젠 우리가 꼼짝없이 당할 수밖에 없게 됐어.

리건   우리도 켄트가 추방된 것처럼 언제 무슨 화를 입을는지 몰라요.

거너릴   아직 저기서는 프랑스 왕과의 작별 인사로 번잡해. 이봐, 둘이 같이 대비하자. 만약 지금 같은 태도로 위세를 부리신다면 이번의 은퇴는 우리들에게 오히려 해가 될 뿐이야.

리건   앞으로 잘 생각해 봐야겠어요.

거너릴   무슨 조치든 빨리 취해야겠어. *(두 사람이 퇴장한다.)*

글로스터 백작의 저택.

✤ 에드먼드가 한 통의 편지를 들고 등장한다.

에드먼드 대자연이여, 너는 나의 여신이야. 나는 너의 법칙에 충실할 작정이야. 무엇 때문에 빌어먹을 관습에 복종하고, 세간의 쓸데없는 소리에 구속되어 재산 상속권을 박탈당해야 한단 말인가? 형보다 열두 달 내지 열 넉 달쯤 늦게 태어났다고 해서? 왜 내가 사생아라는 거야? 무엇이 첩의 자식이란 거야? 나 역시 육체는 균형이 잘 잡혀 있고, 마음은 우아하며, 체격도 근사하지. 어디가 정실의 자식보다 못하다는 거야? 왜 우리에게 서자라는 낙인을 찍어? 무엇

글로스터 : 자, 아무것도 아니라면
돈보기안경을 꺼낼 필요도 없겠군.
_ 17세기 판화

때문에 서자의 신세라는 거야? 어째서 비천하지? 뭐가 비천하다는 거야? 서자, 그래, 서자라고? 야성의 욕정에 못 이겨 남의 눈을 피해서 생겨난 인간이야. 체력이며 기력이 월등한 것은 당연해. 재미없고 김새고 싫증난 잠자리에서 생시인지 잠결인지도 모르는 사이에 생긴 바보의 무리와는 다르지. 자, 그러니까 적자인 에드거 형, 형의 재산은 내가 차지해야겠어. 아버지의 사랑은 적자에게나 서자인 이 에드먼드에게나 차별은 없어. 적자란 말은, 그래, 좋은 말이야! 자, 적자인 형님, 만일 이 편지대로 일이 성공하기만 한다면, 서자인 에드먼드가 적자를 누르게 될 거야. 나는 앞으로 성공하고 출세해. 오, 모든 신들이여, 서자의 편을 들어 주십시오!

🌿 글로스터 백작이 등장한다.

글로스터	켄트는 저렇게 추방되었다? 프랑스 왕은 성이 나서 가버렸다? 폐하께서는 어젯밤에 떠나 버리셨다? 왕권은 양도하셨다? 일정한 생활비만을 받게 되셨다? 그런데 이게 모두 갑자기 일어났단 말인가? 에드먼드, 웬일이냐? 무슨 소식이냐?
에드먼드	*(편지를 감추면서)* 아버지, 아무것도 아니에요.
글로스터	왜 그렇게 기겁을 해서 그 편지를 감추려고 하지?
에드먼드	세상 소식은 아무것도 몰라요.
글로스터	지금 무슨 편지를 읽고 있었지?
에드먼드	아무것도 아니에요.
글로스터	아무것도 아니라고? 그럼 왜 그렇게 기겁을 해서 호주머니 속에 쑤셔 넣어야 하지? 아무것도 아니라면 감출 필요도 없잖아. 어디 좀 보자. 자, 아무것도 아니라면 돋보기안경을 꺼낼 필요도 없겠군.
에드먼드	아버님, 용서해 주세요. 사실은 형님이 보내 온 편지거든요. 아직 전부는 안 읽어 봤지만, 읽어 본 데까지로 봐서는 아버지께서 보시면 안 될 것 같아요.
글로스터	그 편지를 이리 내놓아라.
에드먼드	안 보여 드리자니 역정 내실 테고, 보여 드려도 역정 내실 테지요. 아직 일부분밖에 모르겠지만, 내용이 아주 좋지 않아요.
글로스터	빨리 보자, 빨리. *(에드먼드가 편지를 준다.)*
에드먼드	형님이 변명을 해두겠지만, 아마 이건 제 효성을 시험해 보고 떠보려고 쓴 것 같아요.
글로스터	*(읽는다.)* '노인을 공경해야 한다는 세상의 인습 때문에 인생을

가장 향락할 수 있는 청춘 시절을 쓸쓸하게 지내야 하고, 늙어서 상속받는 재산도 쓰지 못한 채 제대로 맛을 즐길 수 없게 되지. 나는 노인들의 포악한 폭정에 복종하는 것은 어리석은 속박임을 통감하기 시작하고 있어. 노인들이 우리를 지배하는 건 실력이 있어서가 아니라 우리가 감수하기 때문이야. 이 일에 관해서 의논해야겠으니 내게 좀 와라. 만일 내가 잠을 깨게 할 때까지 아버지가 주무시기만 한다면, 아버지의 수입의 절반은 영원히 너의 몫이 될 것이며, 너는 나의 사랑을 받는 아우로서 지내게 될 거야. 에드거로부터.'

흥! 음모로구나! '내가 잠을 깨게 할 때까지 주무시기만 한다면 아버지의 수입의 절반은 영원히 너의 몫이 될 것이다.' 아들놈 에드거가! 그놈이 이런 것을 쓸 손목을 가졌나? 그놈이 이런 음모를 꾸밀 심장과 두뇌를 가졌단 말인가? 이 편지는 언제 왔느냐? 누가 가져왔느냐?

에드먼드	누가 가져온 것은 아니에요. 교묘하게도 저의 방 창문 안으로 던져 넣어져 있었지요.
글로스터	이건 분명히 네 형의 글씨지?
에드먼드	내용이 좋다면 형님 글씨라고 단언하겠지만, 이런 거라면 그렇지 않다고 생각해 두고 싶어요.
글로스터	분명히 네 형의 글씨야.
에드먼드	글씨는 형님의 글씨지만, 설마 형님의 본심은 그렇지 않을 테지요.
글로스터	그놈이 이 문제에 관해서 종전에도 네 마음을 떠본 일은 없었느냐?
에드먼드	그런 일은 한번도 없었어요. 물론 자주 들은 적은 있지요. 이렇게 말하더군요. 자식이 성장하면 노쇠한 부친은 자식의 보호를 받

에드먼드 : 글씨는 형님의 글씨지만, 설마 형님의 본심은 그렇지 않을 테지요.

고, 아버지의 수입은 일체 자식이 처리하는 것이 당연하다고 말이에요.

글로스터 오, 악당! 편지의 내용이 꼭 그렇지! 가증할 악당! 패륜의 흉칙한 짐승 같은 놈! 짐승보다 더 고얀 놈! 너, 그 놈을 찾아와라. 그놈을 체포해야겠어. 가증할 악당! 그놈은 지금 어디 있느냐?

에드먼드 잘 모르겠어요. 잠시 화를 참으시고, 더 확실한 증거를 잡을 때까지 형님의 마음을 살피시는 게 어떻겠어요? 그것이 상책일 것 같아요. 만일 아버님께서 형님의 뜻을 오해하시고 과격한 수단을 취하시면, 아버님 명예에 큰 흠이 생기고 형님의 효심을 산산이 짓밟게 될지도 모르거든요. 형님을 위해 제 목숨을 걸고 보증하겠지만, 형님은 저의 효심을 시험하려고 이런 편지를 쓴 것이 틀림없을 거예요. 결코 무슨 위험한 의도가 있는 건 아닐 거라고요.

글로스터 너는 그렇게 생각하느냐?

에드먼드 아버님께서 지장만 없으시다면, 형님과 제가 이 일에 관해 의논하는 것을 엿들을 수 있는 곳에 안내해 드릴 테니까, 숨어서 아버님 귀로 사실을 충분히 들어 보시면 어떻겠어요? 곧 오늘 밤이라도 그렇게 해드리겠어요.

글로스터 그놈이 설마 그럴 수가!

에드먼드 그야 그렇지요.

글로스터 그렇게도 진심으로 사랑하는 제 아비에게! 하늘이여, 땅이여! 에드먼드, 그놈을 찾아내 가지고, 알겠냐?, 그놈의 진심을 간접적으로 알아내 보아라. 네 지혜대로 한껏 수단을 부려 보라고. 내 지위나 재산을 희생해서라도 확실한 진상을 알아내야겠어.

에드먼드 염려 마세요. 형님을 당장 찾아내겠어요. 그리고 있는 수단을 다해서 일을 진행시켜 가지고 곧 진상을 알려 드리겠어요.

글로스터 최근의 일식과 월식은 불길한 징조야. 학자들은 자연의 법칙에 비춰서 이러쿵저러쿵 이유를 붙이지만, 그러한 변고 때문에 인간세계는 확실히 재앙을 받게 마련이거든. 애정은 식고, 우의는 깨지고, 형제는 반목하거든. 도시에는 폭동, 지방에는 반란, 궁중에는 반역음모 등이 일어나고, 아버지와 아들 사이의 의리는 끊어지지. 이 흉악한 아들놈의 경우도 그 전조가 들어맞은 거야. 자식은 아비를 배반하고, 임금은 인륜에 어긋나는 행동을 하고, 아비는 자식을 버리고, 이제 세상은 말세야. 음모, 허위, 배신, 기타 모든 망조가 든 혼란이 무덤에까지 귀찮게 우리를 뒤쫓아 오지. 에드먼드, 이 악당을 찾아와라. 네게는 조금도 피해가 가지 않게 하겠어.

용의주도하게 해라. 기품 있고 충실한 켄트가 추방당하다니! 그의 죄는 오직 정직함뿐이었어! 기괴한 일이야. *(글로스터 백작이 퇴장한다.)*

에드먼드　참 우습군. 운수가 나빠지면 우리는 자기 자신의 어리석은 소행은 생각지 않고 재앙의 원인을 태양이나 달이나 별의 탓으로 돌리거든. 이건 마치 인간은 필연적으로 악한이 되고, 우린 마치 천체의 압박으로 바보가 되며, 별의 세력으로 악당이나 도둑이나 모반자가 되고, 별의 영향으로 주정꾼이나 거짓말쟁이나 정부(情夫)가 된다는 식이야. 우리의 나쁜 짓은 모두 초자연적인 힘 때문이라는 것이지. 이건 호색한에게는 그럴듯한 책임회피의 수단이야. 음탕한 기질이 별 때문에 그런 것이라고 말하면 그만이니까! 나의 아버지는 용의 별자리의 꼬리 밑에서 나의 어머니와 정을 통했고, 그리고 나는 큰곰 별자리 밑에서 출생했어. 그러므로 별의 이치로 보아서 나는 난폭하고 음탕하게 마련이지. 하지만, 쳇, 내가 사생아로 태어날 때 하늘에서 제일 순결한 별이 반짝이고 있었다 하더라도 나는 지금과 조금도 다르지는 않았을 거야. 에드거는 말이야.

🌿 *에드거가 등장한다.*

에드먼드　옛 희극의 끝장식으로 때마침 잘 나타나는군! 나의 배역은 지독하게 우울한 배역이니까 미치광이 거지 톰같이 한숨을 몰아쉬는 데서부터 시작해야겠어. 아, 요즈음 일식, 월식은 그런 불화의 전조였어! 파, 솔, 라, 미.

에드거　어쩐 일이냐, 에드먼드? 뭘 그렇게 골똘히 생각하고 있니?

사냥 장면

에드먼드 형님, 난 얼마 전에 읽은 예언을 생각하고 있어요. 요즈음 있었던 일식, 월식 뒤에는 어떤 일이 일어나는가 하고.

에드거 넌 그런 일에 몰두하고 있냐?

에드먼드 그 예언서에 적혀 있는 그대로 불행히도 하나씩 실제로 일어나는 군요. 예를 들면 부자간의 불화, 변사(變死), 식량 부족, 오랜 우의의 파괴, 국내의 분열, 왕과 귀족에 대한 협박과 험구, 이유 없는 의혹, 친구의 추방, 군대의 해산, 부부의 이혼 등, 이외의 여러 가지 흉사 말이에요.

에드거 대체 언제부터 넌 점성술을 연구했냐?

에드먼드 형님은 언제 아버님을 뵈었나요?

에드거 어젯밤에.

에드먼드 같이 이야기했나요?

에드거 그래, 두 시간 동안이나.

에드먼드	좋은 기분으로 작별했나요? 아버님의 말투나 안색에 화나신 것같이 안 보였나요?
에드거	그런 건 전혀 없었어.
에드먼드	혹시 아버님의 비위에 거슬리는 말씀은 안하셨나요? 잘 생각해 보세요. 어쨌든 부탁이지만, 아버님의 맹렬한 노여움이 누그러질 때까지 잠시 아버님 앞을 피하세요. 대단히 화를 내고 계시니까 형님을 살해할는지도 모르거든요. 그 노기는 그냥 있지는 않을 거예요.
에드거	어떤 놈이 나를 모함했군.
에드먼드	그게 나도 염려하는 점이지요. 그러니 아버지의 노기가 좀 가라앉을 때까지는 꾹 참고 계세요. 우선 제 방에 가 계세요. 그러면 기회를 봐서 아버님 말씀이 잘 들리는 곳에 안내해 드릴 테니까. 자, 어서 가요. 열쇠는 여기 있어요. *(열쇠를 준다.)* 외출할 때는 무장을 하고 다니세요.
에드거	무장을 하라고?
에드먼드	형님, 진정으로 형님을 생각해서 하는 충고라고요. 형님께 호의를 가진 자가 하나라도 있다면 저는 정직한 사람이 아니거든요. 저는 보고 들은 걸 얘기했을 뿐이지요. 하지만 대강 얘기했을 뿐이고 무서운 진상은 도저히 말로는 다 할 수 없어요. 자, 어서 저리 가세요!
에드거	곧 사정을 알려 주겠느냐?
에드먼드	이번 일에는 제가 힘이 되어 드리겠어요. *(에드거가 퇴장한다.)* 아버지는 쉽게 곧이 듣고, 형은 마음씨가 좋아. 형은 자기가 남에게 나쁜 짓을 안 하니까 남을 의심하지 않거든. 그 고지식함을 이용하여 내 계략은 쉽게 진행되지. 계획이 척척 들어맞지. 혈통으로

안 된다면 계략을 써서 영지를 가로채야겠어. 목적을 위해서라면 수단은 가릴 필요 없다. *(에드먼드가 퇴장한다.)*

올버니 공작 저택의 한 방.

🌿 *거너릴과 그의 집사 오즈왈드가 등장한다.*

거너릴   아버님의 광대를 나무랬다고 해서 아버님이 우리 집의 집사를 때렸다 이 말이냐?

오즈왈드   네, 그래요.

거너릴   기가 막혀. 밤낮으로 내게 욕만 보이시는군. 매 시간마다 이래저래 나쁜 짓만 하시고, 그럴 적마다 집안이 온통 난장판이야. 이제는 참을 수가 없어. 아버님의 기사들은 난폭해지고, 아버님 자신은 사소한 일에도 우리를 야단만 치시지. 사냥에서 돌아오셔도 나는 인사하지 않겠어. 내가 몸이 불편하다고 말해라. 너도 이제부터는 아버님을 소홀하게 응대해도 괜찮아. 잘못이 있다면 내가 책임지겠어.

오즈왈드   돌아오시는 모양이군요. 뿔 나팔 소리가 들려요.

거너릴   될 수 있는 대로 냉담한 태도를 취해라. 너도, 그리고 다른 하인들도. 그걸 문제 삼아 올 정도로 해보라고. 못마땅하시면 동생에게 가시라지. 동생도 나와 같은 마음이니까 잠자코 그냥 있지는 않을 거야. 망령 난 노인 같으니. 일단 양도한 권력을 언제까지 휘두르겠다는 거야? 늙으면 정말 갓난애가 된다니까. 비위만 맞춰 줘선 안 되지. 떼를 쓰기 시작하면 나무래 줘야지. 지금 일러둔 말 잊지 말아.

오즈왈드   네, 잘 명심하겠어요.

거너릴   그리고 아버님의 기사들에게도 냉정히 대해라. 그래서 무슨 일이 일어나도 상관없으니까. 네 동료들한테도 그렇게 일러라. 나는 이 것을 트집 잡아 말하고 싶은 것을 다 말해 줄 테니까. 이제 곧 동생에게 편지를 써서 나와 보조를 맞추도록 해야겠어. 저녁 준비를 해라. *(두 사람이 퇴장한다.)*

올버니 공작의 저택.

🍀 *변장을 한 켄트 백작이 등장한다.*

켄트   딴 사람 목소리를 가장해서 내 말투를 감추게만 된다면, 이렇게 변장을 한 목적은 충분히 달성될 수 있겠지. 그런데 추방당한 켄트, 널 추방한 그분에게 봉사할 수 있다면, 네가 공경하는 주인은 네가 충실한 부하임을 알게 될 게야.

🍀 *밖에서 뿔 나팔 소리.*

🍀 *리어 왕이 기사, 시종들을 거느리고 등장한다.*

리어 왕   곧 식사를 하겠어. 잠시도 지체할 수 없어. 빨리 준비하라고 해라. *(시종 한 명이 퇴장한다. 켄트 백작에게)* 이 봐, 너는 누구냐?
켄트   사람이지요.
리어 왕   뭘 하는 사람이냐? 내게 무슨 볼일이 있느냐?
켄트   보시는 바와 같은 사람이지요. 신용해 주시는 분에게는 진심으로 봉사하고, 정직한 분에게는 성의를 다하며, 말수 적고 현명하신 분과는 교제하고, 신의 심판을 두려워하며, 부득이한 경우엔 싸움도 사양하지 않는 사람이라고요. 그리고 순수한 잉글랜드인이지요.
리어 왕   너는 도대체 누구냐?
켄트   대단히 정직하고 왕처럼 가난한 사람이지요.
리어 왕   왕이 왕으로서 구차하듯이 네가 신하로서 구차하다면, 넌 여간 가난하지가 않겠군. 그래, 뭐가 네 소원이냐?
켄트   봉공을 하고 싶어요.
리어 왕   누구에게 봉공을 하고 싶다는 거냐?
켄트   당신에게요.
리어 왕   너는 나를 아느냐?
켄트   아니요, 모르지요. 그래도 당신 얼굴에는 어딘지 주인어른이라고

	부르고 싶은 데가 있어요.
리어 왕	그것이 뭐냐?
켄트	위엄이지요.
리어 왕	무슨 봉공을 할 줄 아느냐?
켄트	정당한 비밀은 굳게 지킬 줄 알아요. 말도 타고, 달리기도 하지요. 꾸며내진 이야기는 엉망으로 전하지만, 정직한 전갈은 솔직하게 전할 수 있고요. 보통 사람이 하는 일은 무엇이든지 하지요. 그리고 제일 좋은 장점을 말하자면 부지런한 거라고요.
리어 왕	몇 살이냐?
켄트	노래 잘 부르는 여자라 해서 그 여자에게 반할 만큼 풋내기는 아니지만, 형편없이 여자에게 넋을 빼앗길 정도로 늙지도 않았어요. 벌써 마흔 여덟이나 먹었거든요.
리어 왕	따라와. 내 부하로 삼겠어. 식사 후에도 내 마음에 든다면 내 옆에 있게 하지. 이 봐, 식사를! 식사를 가져와! 내 꼬마 놈은 어디 있느냐? 내 광대 말이야. 너 가서 광대를 좀 불러와라. *(시종이 퇴장하고 오즈왈드가 등장한다.)* 여봐라! 내 딸애는 어디 있느냐?
오즈왈드	죄송해요. *(퇴장한다.)*
리어 왕	저놈이 뭐라고 하는 거냐? 저 멍청이 놈을 불러와. *(기사 한 사람이 퇴장한다.)* 내 광대는 어디 있느냐? 이 봐! 세상이 다 잠들었느냐? *(기사가 다시 등장한다.)* 어떻게 됐느냐! 그 개 같은 녀석은 어디 갔지?
기사	그놈 말이 공작부인께서 편찮으시다고 하더군요.
리어 왕	내가 부르는데 그 노예 놈이 왜 안 오는 거냐?
기사	몹시 무례한 말투로 오기 싫다고 하지요.
리어 왕	오기 싫다고?

기사	폐하, 사정은 잘 모르겠지만, 제 생각엔 이전과 비교해서 폐하를 대하는 접대가 후하지 않다고 봐요. 모두가 몹시 냉담하게 대하는 것같이 보이지요. 공작 자신과 공작부인부터 시종들에 이르기까지 전부 말이에요.
리어 왕	음! 너도 그렇게 생각하느냐?
기사	제가 잘못 생각했다면 용서하세요. 하지만 폐하, 폐하께 대해 소홀함이 있다고 생각될 때는 직책상 저는 잠자코 있을 수가 없지요.
리어 왕	네 말을 들어 보니, 나도 생각나는 바가 있어. 요즈음 매우 소홀히 대해 오는 기색이 보이는데, 그들이 실제로 불친절하다기 보다 오히려 나 자신의 터무니없는 억측의 탓으로 돌리고 있었지. 앞으로 잘 관찰해 보자. 그런데 내 광대는 어디 갔느냐? 이틀 동안이나 못 봤어.
기사	막내 따님이 프랑스로 떠나시고 나서부터는 광대가 몹시 풀이 죽어 있어요.
리어 왕	이제 그 말은 하지 마라. 나도 알고 있어. 넌 가서 딸애보고 내가 좀 할 애기가 있다고 그래라. *(기사가 퇴장한다.)* 넌 가서 광대를 불러와라. *(다른 기사가 퇴장한다.)*

🥀 오즈왈드가 등장한다.

리어 왕	아, 이 봐, 이 봐, 이리 좀 와라. 너는 나를 도대체 누구로 아느냐?
오즈왈드	안주인님의 아버님이지요.
리어 왕	안주인님의 아버님이라고? 주인의 종놈, 이 개 같은 놈, 노예 놈, 들개 놈!
오즈왈드	실례지만, 저는 그런 사람이 아니라고요.

리어 왕	이 무례한 놈! 나를 노려봐? *(오즈왈드를 때린다.)*
오즈왈드	왜 때려요? *(오즈왈드가 리어 왕에게 덤벼들려고 할 때 켄트 백작이 뛰어나와서 그의 다리를 걸어찬다)*
켄트	축구나 하는 이 천한 놈아, 걸어차이지는 않겠다는 거냐?
리어 왕	참 잘했어. 믿음직해. 네 수고는 잊지 않겠어.
켄트	이 봐, 일어나. 꺼져 버려! 상하의 구별을 알려주겠어. 나가, 나가! 그 등신의 길이를 한번 더 땅에 재보고 싶거든 그렇게 그냥 있어. 그러나 나가! 이놈이 분별은 있나? *(오즈왈드를 밀어서 내보낸다.)* 그래야지.
리어 왕	너는 친절한 놈이야. 고마워. 자, 이것은 봉공의 착수금이야. *(돈을 준다.)*

광대 : 자, 이 광대 고깔을 받아요! _ 중세 판화

🌼 광대가 등장한다.

광대	나도 저 사람을 좀 고용하겠어. 그 대가로, 자, 이 광대 고깔을 주겠어. (켄트 백작에게 자기의 고깔을 준다.)
리어 왕	이놈아! 어떻게 된 거냐?
광대	(켄트 백작에게) 이 봐, 당신은 광대 모자를 쓰는 게 좋을 거야.
켄트	광대야, 왜?
광대	왜냐고? 인기가 없어진 사람의 편을 드니 그렇지. 당신도 바람 부는 방향에 따라 웃지 않으면 한 데로 쫓겨나요. 자, 이 광대 고깔을 받아요! (리어 왕을 가리키며) 저이는 두 딸을 내쫓고, 셋째 딸에게는 마음과는 달리 축복을 해줬어요. 이런 사람 밑에 있으면 아무래도 이런 모자를 쓰게 돼요. 그런데 어때요, 아저씨? 나는 광대 고깔 둘하고 딸 둘만 가졌으면 좋겠다고요!
리어 왕	이놈아, 왜?
광대	나 같으면 재산은 다 딸에게 내주어도 광대 고깔만은 내가 가지고

	싶으니까 그렇지요. 자, 내가 하나 드리지요. 또 하나는 딸들보고 달라고 하세요.
리어 왕	말조심해. 매 맞아.
광대	진리는 개니까 개집으로 쫓겨 가야만 해. 아첨쟁이 암캐 마님께서는 난롯불 옆에 서서 구린내를 풍겨도 이 진리의 개는 매를 맞고 바깥으로 내쫓겨야 해.
리어 왕	이거, 아픈 데만 찌르다니!
광대	글쎄, 좋은 교훈을 하나 가르쳐 주겠어요.
리어 왕	그래라.
광대	그럼, 잘 들어 봐요, 아저씨! 겉치레보다 속을 채우고, 알고 있어도 말을 삼가고, 가진 것 이상으로 꾸어주지 말고, 걷기 보다는 말을 타고, 들어도 다는 믿지 말고, 따서 번 것보다는 적게 걸고, 주색을 멀리하고, 그리고 언제나 집에 들어앉으면, 열의 두 배인 이십보다도 돈이 더 불어난다.
켄트	쓸데없는 소리야, 이 바보야.
광대	*(리어 왕에게)* 그러면 무료 변호사의 변론과 같아요. 제게 아무 보수도 안 주셨으니까. 아저씨, 아무것도 아닌 것이라도 어디 쓸데 좀 없을까요?
리어 왕	그야 안 될 말이지. 아무것도 아닌 것에서는 아무것도 나올 수 없으니까.

광대	(켄트 백작에게) 제발 저 사람에게 말 좀 해주세요. 영토의 소작료는 아무것도 없게 되었다고요. 바보 말은 곧이듣지 않는다니까요.
리어 왕	씁쓸한 바보로군!
광대	이 봐요, 씁쓸한 바보와 달콤한 바보의 차이를 알아요?
리어 왕	몰라. 좀 가르쳐 줘.
광대	영토를 주어 버리라고 당신에게 권고할 양반을 내 옆에 데리고 와야 하겠는데 말이에요. 당신이 그분 대신 노릇을 하세요. 그러면 달콤한 바보는 여기 있고, 또 하나는 저쪽에 있지요.
리어 왕	이놈이 나더러 바보라는 거야?
광대	하지만 다른 칭호는 전부 내어주고 남은 것은 타고난 것뿐이니까요.
켄트	이놈은 아주 바보는 아니야.
광대	그야, 영주님이나 훌륭한 분들이 나 혼자 바보 노릇 하게 내버려 두어야 말이지요. 나 혼자 광대의 전매특허를 가지려고 해도 그들이 몰려와서 한 몫 끼겠다는 거야. 부인들 역시 나 혼자 광대 짓을 하게 놓아두지를 않고 달려들어서 찢어가거든. 아저씨, 달걀 하나만 주세요. 관(冠)을 두 개 줄 테니까.
리어 왕	무슨 관을 두 개?
광대	달걀을 둘로 쪼개서 속을 먹어 버리면 관이 두개 남아요. 당신이 왕관을 둘로 쪼개서 두 개 다 내주어 버린 것은 자기가 탈 당나귀를 업고 진흙 길을 걸어간 셈이었지요. 금관을 주어버린 것은 그 대머리 골통 속에 지혜가 없었기 때문이지. 내가 하는 말을 광대다운 소리라고 맨 처음 눈치 채는 놈은 매 좀 맞아야 되지. (노래한다.) 　　요즈음은 바보가 손해 보는 때야.

때로는 내가 가만히 있다고 해서
매를 맞는다.
_ F.W. 페어홀트 작

현자가 바보가 되어

지혜가 잘 돌지 않고

하는 짓이 온통 바보짓이니까.

리어 왕 넌 언제부터 그렇게 노래를 잘하느냐?

광대 당신이 따님들을 어머니로 삼던 그때부터지요. 그때 당신은 회초리를 내주고 바지를 벗었으니까요. *(노래한다.)*

그때 그들은 갑자기 기뻐서 울고

나는 슬퍼서 노래를 불렀지.

임금이 숨바꼭질하면서

광대 축에 들어가시니.

아저씨, 당신의 광대에게 거짓말을 가르칠 선생을 좀 붙여줘요. 난 거짓말하는 걸 좀 배우고 싶으니까.

리어 왕 거짓말하면 매 맞아.

광대 당신하고 당신 따님들은 정말로 친척이 아닌 모양이군요. 따님들은 내가 참말을 하면 때린다고 하고, 당신은 내가 거짓말을 하면 때린다고 하고, 그리고 나는 때로는 말을 안 한다고 해서 매를 맞거든요. 아, 이제 광대 노릇은 집어치우고, 뭐든지 좋으니 다른 짓을 해야겠군. 하지만 당신처럼 되기는 싫어. 당신은 지혜를 양쪽에서 잘라내 버렸으니 가운데에는 아무것도 남은 게 없거든. 잘라낸 조각 하나가 마침 나타나는군.

🌺 *거너릴이 등장한다.*

리어 왕   얘야, 왜 그러느냐? 왜 그렇게 이맛살을 찌푸리고 있느냐? 넌 요즈음 줄곧 얼굴을 찡그리고 있는 것 같아.

광대   당신도 딸의 찡그린 얼굴에 신경 쓰지 않아도 좋았던 시절엔 좋은 사람이었지요. 이제는 숫자가 없는 영(零)이 되었다고요. 당신보다는 내가 오히려 낫지. 나는 이래도 광대 바보지만, 당신은 아무것도 아니거든. *(거너릴에게)* 예, 아무 말도 안하겠어요. 말씀 안 하셔도 얼굴빛으로 알아볼 수 있으니까요. *(노래한다.)*

    쉿, 쉿!
    빵 껍데기나 빵 속까지 내버리면,
    만사가 싫더라도 뭔가 섭섭하지.

(리어 왕을 가리키며) 저건 알맹이 빠진 콩깍지라고요.

거너릴   무슨 소릴 해도 상관없는 이 광대뿐 아니라, 데리고 계신 다른 기사들도 매사에 트집 잡고 시비하며, 마침내는 망측하고 난폭한 것이 참을 수 없을 지경이에요. 사실은 한번 확실히 말씀드려서 안전대책을 강구하려고 생각해왔는데, 요즈음 아버님의 말씀이나 행동에는 이상한 점이 많아요. 혹시 아버님이 그런 난폭한 짓을 옹호하시고 선동하시는 건 아닐까요? 만일 그렇다면 그 과실은 당연히 비난을 받아야 하며, 또 저희로서도 방치할 수 없어요. 국가의 안녕을 위해서도 무슨 조치를 취해야겠는데, 그렇게 하면 아버님은 화를 내실 테고, 또 다른 때 같으면 저의 집도 불명예스럽겠지만, 이런 부득이한 사정이라면 현명한 처리라고 세상은 인정할 거예요.

광대　　아저씨, 아시죠?

　　　　울타리 참새가 뻐꾸기 새끼를
　　　　너무나 오래 동안 길러 주었더니
　　　　끝내는 뻐꾸기 새끼에게 먹혀 버렸지.
　　　　그런데 촛불이 다 타서 우리는 깜깜한 데 있게 됐지.

리어 왕　　*(거너릴에게)* 너는 내 딸이냐?

거너릴　　아버님께서는 원래 현명하시니까 그 좋은 지혜를 좀 잘 써주시고, 그리고 요즈음처럼 아버님답지 않은 광태는 좀 버리세요.

광대　　수레가 말을 끌면 당나귀인들 모르겠어요? 아줌마! 난 당신에게 반했어.

리어 왕　　여기서 누가 나를 알아보나? 이것은 리어가 아냐. 리어가 이렇게 걷고 이렇게 말을 하나? 리어의 눈은 어디 있어? 머리가 둔해지고 분별력이 줄었나? 하! 깨어 있나? 깨어 있지 않나? 내가 누군지, 누가 좀 말해 줄 수 없나?

광대　　리어의 그림자라고요!

리어 왕　　나는 그걸 알고 싶은 거야. 왜냐하면 왕위의 표지로나 지력으로나 이성으로 판단해서 내게는 딸자식들이 있었던 것 같은데, 내가 잘못 알고 있었나?

광대　　그 따님들이 당신을 공손한 아버지로 만들자는 거지요.

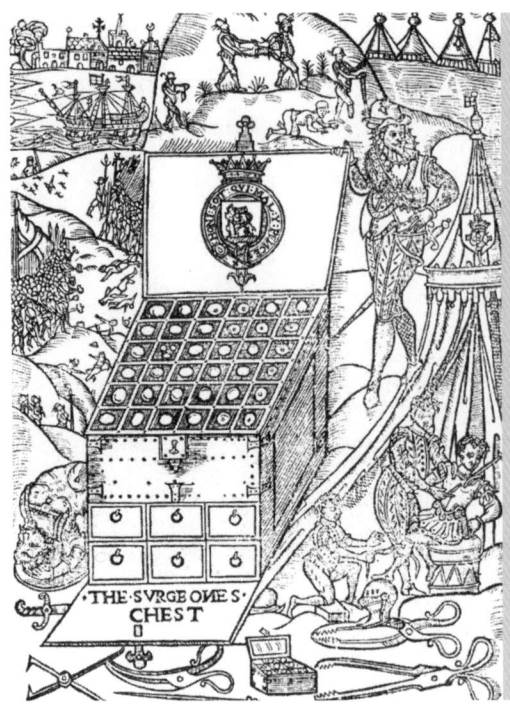

아버지의 저주를 상징하는
외과의사의 각종 도구 상자 _ 16세기 판화

리어 왕 귀부인, 당신의 이름은?

거너릴 그렇게 놀란 체하시는 게 다름 아닌 요즈음 아버님의 망령이에요. 제발 저의 의도를 올바르게 이해해 주세요. 아버님은 존경받는 노인이신 만큼 현명해지셔야 해요. 아버님은 백 명의 기사와 시종을 거느리고 계시는데, 그들은 정말 난폭하고 음탕하고 방종한 사람들이기 때문에 저의 저택은 그들의 행실에 오염되어 무뢰한들의 여인숙과 같아요. 대식과 음욕으로 이 위엄 있는 저택이 천한 술집이나 색시 집 꼴이 되었어요. 그러니까 시종들은 좀 감원해 주셔야겠어요. 만일 이 요청을 들어주지 않으신다면, 이쪽에서 임의로 조치하겠어요. 그리고 남아서 아버지를 시중들 사람들은 연로

	하신 아버님께 알맞고 분별 있으며 아버님의 처지를 잘 아는 사람들만으로 하겠어요.
리어 왕	이 세상은 암흑이야! *(하인 한 명에게)* 제기랄! 말을 준비해라! 내 시종을 다 불러! *(거너릴에게)* 돼먹지 못한 사생아 같으니! 네 신세는 안지겠어. 내게는 딸이 또 하나 있다고.
거너릴	아버지는 저의 부하들을 때리고, 아버지의 난폭한 시종의 무리는 윗사람을 하인 취급해요.

❧ 올버니 공작이 등장한다.

리어 왕	다 늦게 후회해도 소용없지! *(올버니 공작에게)* 아, 왔느냐? 이것은 너의 뜻이냐? 답을 듣자! *(하인에게)* 말을 준비해라. 배은망덕 하는 자, 돌 같은 마음을 가진 악마야, 네가 자식의 탈을 쓰고 있으니 바다의 괴물보다 더 흉악해!
올버니	제발 참으세요.
리어 왕	*(거너릴에게)* 징그러운 솔개야, 거짓말 마라! 내 부하는 모두 엄선한 사람뿐이야. 신하의 본분을 잘 분간하고 만사를 소홀히 않으며 자기의 명예를 무엇보다도 존중하는 사람들이지. 아, 아주 작은 허물이었는데, 코델리아의 경우엔 어째서 그렇게 추악하게만 보였던가! 그 허물은 고문하는 기계처럼 본성의 조직을 토대로부터 분해해 놓았고 나의 마음으로부터 애정을 뽑아냈으며 증오심만 늘게 했어. 오, 리어, 리어, 리어! *(자기 머리를 치면서)* 이 문을 때릴 수밖에 없어, 못난 생각만 끌어들이고 귀중한 분별력은 쫓아버린 이 문을! 자, 부하들아, 가자. *(기사들과 켄트 백작이 퇴장한다.)*
올버니	저는 전혀 죄가 없어요. 무엇 때문에 역정을 내시는지 모르겠군요.

리어 왕	그럴는지도 모르지. 자연이여, 들어 보십시오! 여신이여, 들어 보십시오! 만일 저 인간의 몸에서 자식을 낳게 할 뜻을 가지셨다면 그 뜻을 거두십시오. 제발 이년의 배는 자식을 못 가지게 하십시오. 이년의 몸속에 있는 생식의 힘을 말려 버리고, 그 타락한 육체는 어미의 명예가 되는 자식을 낳지 못하게 하십시오! 부득이 아이를 낳게 해야 할 때라도 가증스러운 자식을 낳게 하시고, 그 자식이 성장하여 부모를 배반하고 평생 동안 어미의 고생의 씨가 되게 해주십시오. 그 애 때문에 젊은 어미의 이마에는 깊은 주름이 패고, 그 볼에는 눈물의 골이 패게 하십시오. 자식을 생각하는 어미의 노고와 은혜는 모조리 모멸과 조소거리가 되게 해주십시오. 그리하여 배은망덕 하는 자식을 갖는 게 독사의 이빨보다 더 무섭다는 걸 깨닫게 해주십시오! 비켜라, 비켜! *(리어왕이 퇴장한다.)*
올버니	도대체 어떻게 된 영문이오?
거너릴	당신은 몰라도 괜찮아요. 실컷 마음대로 떠드시라고 내버려두세요. 망령을 부리시는 거라고요.

※ 리어 왕이 광란하는 모습으로 다시 등장한다.

리어 왕	이게 뭐냐? 나의 시종을 단번에 오십 명이나 줄여? 두 주일도 채 못돼서?
올버니	도대체 어떻게 된 건가요?
리어 왕	그 이유를 말하지. *(거너릴에게)* 제기랄! 너 같은 것 때문에 대장부가 이렇게 흥분하여 우는 것은 창피해. 너 때문에 뜨거운 눈물이 참아도 참아도 걷잡을 수 없이 흘러나와. 너 같은 건 독기 찬 안개에나 싸여 버려라! 애비의 저주가 고칠 수 없는 상처가 되어 가

지고 네 오관(五官)을 갈가리 찢어 버려라! 노망한 눈아, 두 번 다시 이런 일로 울면 너를 뽑아서 헛되이 흘리는 눈물과 함께 땅에 내던져서 흙이나 적시게 하겠어. 끝내 이렇게 되고 마는가? 하! 상관없어. 내게는 딸이 또 하나 있지. 그 애는 반드시 친절하게 위로해 줄 거야. 네가 이렇게 한 짓을 알면, 그 애는 너의 이리 같은 낯짝을 손톱으로 할퀴어 놓을 거야. 두고 봐라. 나는 다시 예전과 같이 되어 보일 테야. 내가 영구히 예전의 그 모습을 내던져 버렸다고 너는 생각하고 있겠지만 말이야. *(리어 왕이 퇴장한다.)*

거너릴 지금 보셨지요?

올버니 당신은 물론 나의 소중한 아내지만, 나는 편파적으로 사물을 판단할 수는 없소.

거너릴 당신은 좀 가만히 계세요. 애, 오즈왈드야, 애! *(광대에게)* 너는 광대라기보다 악당이야. 주인을 따라서 빨리 가라.

광대 리어 아저씨, 리어 아저씨, 기다리세요! 바보를 데리고 가세요. *(노래한다.)*

    여우가 잡히면, 저런 딸이 잡히면,

    틀림없이 도살장 신세지.

    내 모자를 팔아서

    밧줄을 사게만 된다면 말이야.

    그래서 광대는 뒤를 쫓아가는 거야.

(광대가 퇴장한다.)

거너릴 아버님한테는 좋은 충고가 됐어요! 기사를 백 명이나 거느린다? 그야 무장한 기사를 백 명이나 거느리는 건 안전한 정책이겠지요. 글쎄, 꿈자리가 사납다던가, 뜬소문, 공상, 불편, 불만이 있으면 언제든지 그 사람들을 방패삼아서 망령 기를 옹호하고 우리들의 생

	명을 제압할 수 있을 테니까요. 오즈왈드, 거기 없느냐?
올버니	그건 너무 지나친 염려일 거요.
거너릴	과신하는 것보다는 안전해요. 해를 입지나 않을까 하고 언제나 두려워하기보다는 걱정거리가 되는 위험물을 제거해 버리는 게 상책이라고요. 아버지 속셈은 빤히 들여다보여요. 만일 그렇게 설명해 주어도 내 동생이 노인과 시종 백 명을 부양한다면 말이에요. *(오즈왈드가 등장한다.)* 오즈왈드, 어떻게 됐지? 동생에게 보낼 편지는 됐느냐?
오즈왈드	네, 다 됐어요.
거너릴	동행을 데리고 곧 말을 타고 떠나라! 동생에게 내가 특히 걱정을 하고 있는 점을 샅샅이 이야기해라. 그것을 더욱 신빙성 있게 하기 위해서라면 네 생각으로 적당히 보충해도 괜찮아. 어서 떠나라. 그리고 빨리 돌아와라. *(오즈왈드가 퇴장한다.)* 안돼요. 당신의 미지근하고 친절한 방법은 그야 나쁘다고 할 수는 없지만, 그래도 세상은 당신의 방법이 폐단은 있어도 온건하다고 칭찬하기보다는 분별이 없다고 비난하고 있어요.
올버니	당신의 선견지명이 어디까지 맞을는지 의문이군 그래. 잘 하려고 서두르다가 오히려 나쁘게 되는 일도 자주 있으니까.
거너릴	아녜요. 그렇다면 말이에요.
올버니	좋아요, 좋아. 결과를 한번 두고 봅시다. *(두 사람이 퇴장한다.)*

1막 5장

같은 저택의 앞뜰.

🌼 *리어 왕, 켄트 백작, 광대가 등장한다. 켄트 백작은 케이어스로 변장하고 있다.*

리어 왕 너는 이 편지를 가지고 콘월에 가라. 딸이 편지를 읽고 나서 묻는 말 이외는 네가 아는 이야기라도 하지 마라. 네가 빨리 가지 않으면 내가 먼저 도착하고 말겠어.

켄트 이 편지를 전할 때까지는 한 잠도 안 자겠어요. *(켄트 백작이 퇴장한다.)*

광대 사람의 두뇌가 발뒤꿈치에 있다면 틀 염려는 없을까요?

리어 왕 그런 염려야 있지.

광대 그렇다면 안심하세요. 당신 지혜는 슬리퍼를 신고 갈 필요가 없으니까.

리어 왕 하, 하, 하!

광대 두고 보세요. 다른 따님도 천성대로 대해 줄 테니까. 말하자면 두 분 자매는 능금과 사과처럼 보기에도 닮았어요. 그래도 나는 알 것은 알고 있다고요.

리어 왕 도대체 네놈이 뭘 알고 있다는 거야?

광대 이쪽과 저쪽은 맛이 같아요. 능금 맛이 다 똑같은 것처럼 말이지요. 그런데 사람의 코가 왜 얼굴 한가운데에 있는지 아저씨는 아세요?

리어 왕	몰라.
광대	그야 코 양쪽에 눈을 붙여 놓기 위해서지요. 그래서 냄새를 맡아내지 못할 때에는 눈으로 알아보게 하기 위해서지요.
리어 왕	내가 그 애한테 잘못했어.
광대	굴은 어떻게 껍질을 만드는지 아세요?
리어 왕	몰라.
광대	저도 몰라요. 하지만 달팽이는 왜 집을 가지고 있는지 아세요?
리어 왕	왜 그렇지?
광대	머리를 감춰 넣기 위해서 그렇지요, 뭐. 자기 딸들에게 내어주려고 그런 게 아니라 제 뿔을 넣을 건데.
리어 왕	아비의 정은 잊어야지. 그토록 인자한 아비였는데! 말(馬) 준비는 다 됐느냐?
광대	당나귀 같은 바보 하인들이 준비하러 갔어요. 황소 별자리의 일곱 개 별은 왜 일곱 개밖에 없는지 그 이유는 재미있어요.
리어 왕	그야 여덟 개가 아니니까 그렇지.
광대	그거 명답이야. 당신도 이젠 제법 광대가 될 수 있겠어.
리어 왕	도로 빼앗아야지! 배은망덕 한 괴물 같으니!
광대	아저씨, 당신이 내 광대라면 내가 좀 갈겨 주겠다고요. 미리 늙어 버렸으니까요.
리어 왕	그게 무슨 소리냐?
광대	똑똑해지기 전에 늙어 버리면 안 되잖아요.
리어 왕	오, 하느님, 제발 제정신을 차리게 해주십시오. 미치광이가 되고 싶지는 않습니다!

🌿 신사 한 명이 등장한다.

리어 왕	*(신사에게)* 어떻게 됐느냐? 말은 다 준비됐느냐?
신사	준비됐습니다.
리어 왕	애야, 가자.
광대	내가 떠나는 걸 보고 웃는 숫처녀도 언제까지나 숫처녀로 남아 있지는 못해. 고것들이 짧게 잘리기 전에는 말이야. *(모두 퇴장한다.)*

글로스터 백작의 저택.

🌸 에드먼드와 큐런이 좌우에서 등장한다.

에드먼드   안녕하세요, 큐런.
큐런   안녕하세요. 방금 당신 아버님을 뵙고, 오늘 밤 콘월 공작 부부가 이곳으로 오신다는 소식을 알려 드렸지요.

에드먼드	어찌 된 일일까?
큐 런	글쎄, 저는 모르겠어요. 세간의 소문은 들으셨지요? 겨우 귀에 대고 속삭이는 정도의 뜬소문입니다만.
에드먼드	아직 못 들었는데, 도대체 무슨 소문인가?
큐 런	전쟁이 날지도 모른다는 소문을 못 들으셨나요? 콘월 공작과 올버니 공작 사이에 말이에요.
에드먼드	전혀 못 들었어.
큐 런	그러면 앞으로 듣게 될 거요. 안녕히 계세요. *(큐런이 퇴장한다.)*
에드먼드	공작이 오늘 밤 이곳에 온다고? 잘 됐어! 더할 나위 없이 잘 됐어! 이것이 반드시 나의 일에 도움이 되도록 해야겠어. 아버님은 형을 체포하려고 감시병을 붙여 놓았지. 그런데 한 가지 어려운 일이 있군. 그건 꼭 해내야겠어. 당장 착수하여 행운을 맞이하자! *(이층을 향하여)* 형님, 잠깐만! 내려오세요, 형님!

🍀 *에드거가 위에서 나타나 아래로 등장한다.*

에드먼드	아버님이 감시하고 있어요. 자, 빨리 도망가세요! 형님이 여기 숨어 있는 것이 탄로 났어요. 밤이니까 잘 됐어요. 형님은 혹시 콘월 공작을 험담한 적이 없나요? 공작이 여기 오신다는군요. 오늘 밤 급히 부인 리건도 함께. 그분의 편을 들어 올버니 공작을 비난한 적은 없나요? 생각해 보세요.
에드거	그런 말을 한 적은 전혀 없어.
에드먼드	아버님이 오시나 봐요. 용서하세요, 형님께 칼을 빼어들어야 하겠으니까. *(칼을 뺀다.)* 형님도 칼을 빼어들고 방어하는 척 하세요. 자, 용감하게 싸우는 척 하세요. *(에드거가 칼을 뺀다. 에드먼드가*

에드먼드 : 괴상한 주문을 중얼거리며 달님더러
행운을 주는 여신이 되어 달라고
기도하고 있었지요.
_ 16세기 판화

큰 소리로) 항복해라! 아버님 앞에 나서라. 이 봐, 횃불을 가져와! 여기야! (작은 소리로) 빨리 달아나세요. (큰 소리로) 횃불, 횃불이다! (작은 소리로) 안녕히 가세요. (에드거가 퇴장한다.) 조금 피가 나 있어야 아주 맹렬히 싸운 것처럼 보이겠지. (자기 팔에 상처를 낸다.) 주정꾼들을 보니까 장난으로 이것 이상의 짓도 하더군. 아버님, 아버님! 거기 있어라, 거기 있어! 아무도 없느냐?

글로스터왕 횃불을 든 하인들이 등장한다.

글로스터 얘, 에드먼드, 그놈은 어디 있느냐?

에드먼드 지금까지 여기 어둠 속에 서서 칼을 빼어든 채 괴상한 주문을 중얼거리며 달님더러 행운을 주는 여신이 되어 달라고 기도하고 있었지요.

글로스터 그래서 어디로 갔느냐?

에드먼드 보세요, 저는 이렇게 피가 나요.

글로스터 그놈이 어디로 갔지, 에드먼드?

에드먼드 이쪽으로 달아났어요.

글로스터 야, 쫓아가! 놓치지 마라. *(하인들이 퇴장한다.)* 도저히 어떻다는 거냐?

에드먼드 형님은 도저히 아버님 살해에 관해 저를 설복하지 못했다고요. 그야 저는 제 아비를 죽이는 자에게는 복수의 신들이 벼락을 내린다고 설명하고, 또 자식이 아버지께 입은 은혜는 광대무변하다고 설명했지요. 그랬더니 자기의 무도한 계획을 제가 끝내 반대하는 것을 본 형은 갑자기 맹렬히 달려들더니 무방비 상태인 저를 습격하고 제 팔을 찔렀지요. 그러나 제가 자신의 정당함으로 분발하여 지지 않고 맹렬히 싸웠기 때문에 그랬는지, 아니면 제가 큰 소리를 질렀기 때문에 놀라서 그랬는지, 별안간 도망쳐 버렸지요.

글로스터 멀리 도망친다면 몰라도 이 나라에 있는 한 잡히지 않고 배기겠느냐? 잡히는 날에는 살려 두지 않겠어. 오늘 밤 나의 은인, 귀중한 주인인 공작님이 오시지. 그분의 권위에 의거해서 포고령을 내리겠어. 이 악한을 잡아서 끌고 오는 자에겐 상금을 주고 숨겨주는 놈은 사형에 처한다고 말이야.

에드먼드 형님에게 그런 계획을 중지하라고 충고해 봤지만 막무가내였기 때문에 저는 심한 말로 계획을 폭로하겠다고 위협했어요. 그랬더니 형의 대답은 이랬지요. "유산 상속도 못 받을 사생아 놈아, 내가 부정한다면 어느 누가 네 말을 곧이듣거나 너를 유덕(有德) 유능한 인간이라고 생각해줄 거라고 보느냐? 천만에! 내가 부인하기만 하는 날엔, 물론 이번 일도 부인하겠지만, 설령 네가 내 필적을 꺼내 보인다 해도 나는 그것을 전부 네놈의 유혹, 모략, 간교라고 오히려 뒤집어씌울 테야. 내가 죽으면 너한테 돌아오는 이익이 대단히 크기 때문에 그게 분명히 강력한 박차가 되어서 네가 나를 죽이려고 한다는 걸 세상이 모른다고 생각한다면 너는 이 세상을 너무 얕잡아본 거야.' 라고 말이에요.

글로스터   지독하고 철저한 악당이야! 그래, 제 편지도 모른다고 잡아뗀다? 그런 놈은 내 자식이 아냐. *(안에서 나팔소리가 난다.)* 저것 봐, 공작의 나팔 소리야! 왜 오시는지 모르겠어. 항구는 모두 봉쇄하게 해야겠어. 그놈이 도망가지 못하도록 공작님은 그것을 허락해 주실 거야. 그리고 그놈의 초상화를 각처에 보내서 국내의 누구나 그놈 얼굴을 알아보게 해야지. 그리고 내 영토는 서자 신분이지만 효자인 네가 상속받을 수 있게 해주겠어.

    ❧ *콘월 공작, 리건, 시종들이 등장한다.*

콘월   웬일이지요? 지금 막 여기 오니 이상한 소문이 들리니까.

리건   그게 사실이라면 그 죄인에게는 어떠한 엄벌을 내려도 부족해요. 어떻게 된 일인가요?

글로스터   아, 부인, 이 늙은이의 가슴은 터질 것만 같군요.

리건   아니, 그럼 우리 아버님의 대자가 당신의 생명을 노렸다는 거예요? 우리 아버님이 이름을 지어 준 그 에드거가?

글로스터   아, 부인, 부인, 저는 창피해서 말도 못하겠다고요!

리건   그 사람은 혹시 우리 아버지께 시중들고 있는 기사들과 한패가 아

	니었던가요?
글로스터	그건 모르겠어요. 그러나 너무나 쓰라린 일이지요.
에드먼드	그래요. 그 사람들과 한패였지요.
리건	그렇다면 그 사람이 그런 흉악한 생각을 하게 됐다 해도 이상할 건 없어요. 그 사람을 충동해서 노인을 죽이게 하려고 한 것은 그 패예요. 그들은 노인의 재산을 자기들이 자유로 하려고 계획한 거예요. 오늘 저녁 언니가 보내온 편지에 그 기사들 얘기가 자세히 적혀 있었어요. 그들이 우리 집에 와서 묵게 되면 집을 비우라고 권고해 왔지요.
콘월	여보, 리건, 그래서 나도 이렇게 집을 비우게 된 거요. 그런데 에드먼드, 이번에 아버지에게 효도가 극진했다고 하더군.
에드먼드	아니에요. 제 의무를 다했을 뿐이지요.
글로스터	저애가 그놈의 흉계를 알아냈다고요. 그리고 잡으려 하다가 보시는 바와 같이 상처마저 입었지요.
콘월	그놈을 추격중인가요?
글로스터	예, 그렇지요.
콘월	일단 잡히기만 하면 다시 해독을 끼칠 염려는 없게 하겠소. 내 권력을 마음대로 이용해서 목적을 달성하시오. 에드먼드, 너의 효도의 미덕에 감탄하여 너를 당장 이 자리에서 나의 부하로 삼겠어. 이런 신뢰할 만한 부하가 필요하거든. 우선 너를 부하로 삼겠어.
에드먼드	부족한 점이 많지만 진심으로 충성을 다하겠어요.
글로스터	저로서도 대단히 감사하지요.
콘월	왜 우리가 이렇게 찾아왔는지 아직 모르시지요?
리건	글로스터 백작, 이렇게 어두운 밤에 밤길을 타서 온 것은 좀 중대한 용건이 있어서 그런 건데, 제발 당신의 좋은 의견을 들어 봐야

겠어요. 아버님도 언니도 두 분이 불화하게 된 사연을 편지로 보내왔어요. 나로서는 집을 떠나서 답장을 내는 게 좋을 것 같아서 어느 쪽에나 전령은 여기서 보내려고 대기시켜 놓았어요. 당신의 낙담은 잘 알겠지만 진정하시고 우리를 위해 필요한 충고를 해주세요. 그 충고를 당장 좀 들어봐야 되겠거든요.

글로스터　잘 알겠어요. 두 분 모두 참으로 잘 오셨어요. *(나팔 소리. 모두 퇴장한다.)*

글로스터 백작의 성 앞.

🍀 켄트 백작과 오즈왈드가 좌우로부터 등장한다. 켄트 백작은 케이어스로 변장했다.

오즈왈드　이봐요, 밤새 안녕하세요? 당신은 이 집 사람인가요?
켄트　그래.
오즈왈드　어디다 말을 매는 거요?
켄트　수렁 속에다.
오즈왈드　이봐요, 그러지 말고 좀 가르쳐 주세요.
켄트　싫어.

오즈왈드	그럼 내 마음대로 할 거요.
켄트	너를 립스베리 Lipsbury 외양간에 처넣어 두면 그렇게는 못할 거야.
오즈왈드	알지도 못하는 사람에게 왜 이렇게 욕을 하는 거야?
켄트	미안하지만 난 너를 알고 있어.
오즈왈드	나를 뭘로 알아?
켄트	불한당, 악한, 찌꺼기 음식이나 먹는 하인 놈이지 뭐야. 비열하고, 오만하고 경솔하고, 거지 근성이고, 일 년에 세 벌밖에 옷을 못 얻어 입으며, 연 수입은 백 파운드밖에 안되고, 더러운 털양말이나 신는 악당이야. 겁 많고, 얻어맞으면 소송을 거는 놈, 사생아, 거울이나 들여다보는 건달, 주제넘게 참견하는 놈, 괴팍스런 악당이라고. 재산이라고는 가방 하나밖에 없는 종놈, 주인을 위한답시고 뚜쟁이 노릇이라도 불사하는 놈, 악한, 거지, 겁쟁이, 뚜쟁이, 이것들을 뒤범벅한 놈, 잡종 암캐의 맏아들 놈이란 말이야. 지금 늘어 놓은 이름을 한 가지라도 아니라고 부인만 해봐라. 깽깽거리도록 패줄 테니까.
오즈왈드	별 괘씸한 놈을 다 보겠군. 서로 알지도 못하는 사인데 욕을 퍼붓다니!
켄트	이 철면피 같은 종놈아, 그래, 나를 모른다고 잡아떼다니! 임금님 앞에서 내가 네 다리를 걸어 넘어뜨린 지 이틀도 안됐어. 칼을 빼라, 이 악한아! 밤은 밤이지만 달밤이니 잘 됐어. 네 피로 명월탕(明月湯)을 끓여 놓겠어. 이 서자 놈, 이발관 출입이 잦은 야비한 사생아 놈! 칼을 빼라! *(칼을 뺀다.)*
오즈왈드	저리 가! 너하고는 볼일이 없어!
켄트	칼을 빼라, 이놈아! 임금님께 불리한 편지를 가져 오고, 저 허영의

켄트: 덤벼라, 이 노예 놈아! 맞서 봐라,
이 악당아! 맞서 봐.

꼭두각시 편을 들어 임금님의 위엄에 해독을 끼치려는 놈아. 칼을 빼라, 악당아. 빼지 않으면 네 정강이의 살코기를 저며 낼 테다! 빼라, 악당아! 자, 덤벼라!

오즈왈드   사람 살려! 살인이다! 사람 살려!
켄트   덤벼라, 이 노예 놈아! 맞서 봐라, 이 악당아! 맞서 봐. 이 능글맞은 노예 놈아! 덤벼라! *(켄트가 오즈왈드를 때린다.)*
오즈왈드   사람 살려! 살인이야, 살인!

🌸 에드먼드가 칼을 빼들고 등장한다.

에드먼드   웬일이오? 웬 싸움이오? 이러지 말아요!

켄트	풋내기야, 소원이라면 상대해 주겠어! 자, 피 맛을 좀 보자. 자, 덤벼라, 젊은 놈아!

🌿 글로스터 백작, 콘월 공작, 리건, 하인들이 등장한다.

글로스터	무기를 가지고? 칼을 빼들고? 도대체 여기서 웬 소동이냐?
콘월	생명이 아깝거든 조용히 해라! 그래도 싸우는 놈은 사형이야. 도대체 무슨 일이냐?
리건	언니의 전령과 아버님의 전령이로군요!
콘월	왜 싸움질이냐? 말해 보아라.
오즈왈드	저는 숨도 잘 쉴 수 없어요.
켄트	지나치게 용기를 냈으니까 그야 그럴 테지. 비겁한 악한아, 네놈은 자연의 여신이 만든 인간이 아니라 재단사가 만든 놈이야.
콘월	이상한 소릴 하는군. 재단사가 인간을 만들어?
켄트	예, 재단사가 만들지요. 석공이나 화가라도 이 년만 배웠다면 저렇게 서툰 건 만들지 않았을 테지요.
콘월	그런데 어떡해서 싸움이 벌어졌나?
오즈왈드	저 늙은이의 흰 수염을 봐서 목숨을 살려 줬더니 말이에요.
켄트	빌어먹을 놈! 맨 끝 제트(Z) 자 같이 쓸데도 없는 놈아! 각하, 만약 허락하신다면 저는 이 쓰레기 같은 악당 놈을 밟아 부숴서 회반죽을 만들어 변소의 벽에 바르겠어요. 늙은이의 흰 수염을 봐서라고, 이 뱁새 같은 놈이?
콘월	이 봐, 입 닥쳐! 짐승 같은 것, 여기가 어딘 줄 아느냐?
켄트	네, 잘 알아요. 그러나 화날 때는 별문제지요.
콘월	왜 화가 났느냐?

켄트	염치도 없는 저런 노예 놈이 다 칼을 차고 있으니까요. 저렇게 생글생글하는 놈은 끊을래야 끊을 수 없는 신성한 골육의 핏줄을 쥐새끼처럼 끊어 버리지요. 저런 놈은 주인의 마음속에 뒤끓는 욕정이란 욕정에 아첨하여, 불에는 기름을, 얼음 같은 마음에는 눈을 던지지요. 아니라고 하고, 그렇다고 하고, 단지 주인의 기분 여하로 물총새의 주둥아리처럼 자유자재로 방향을 바꾸며, 개처럼 주인을 따라다니는 것 밖에 모르는 놈이지요. *(오즈왈드에게)* 그 간질병자 같은 낯짝에 염병이나 내려라! 이놈이 내 말에 웃어? 나를 광대로 아나? 이 거위 같은 놈아, 만약 세이럼 Sarum 벌판에서 너를 만났다면, 꽥꽥 울려서 캐멜롯 Camelot 까지 곧장 몰고 갔을 게야.
콘월	이 늙은 놈이 미쳤나?
글로스터	왜 싸움이 됐느냐? 그걸 말해라.
켄트	아무리 원수라도 나와 저 악당만큼 상극은 없지요.
콘월	왜 악당이란 말이냐? 어디가 악당이냐?
켄트	저 낯짝이 맘에 안 든다고.
콘월	그럼 내 얼굴도, 저분 얼굴도, 내 처의 얼굴도 모두 맘에 안 들겠군.
켄트	각하, 정직하게 말하는 게 제 직책이지만, 저는 이 순간 제 앞에 보이는 그 누구의 어깨 위에 얹혀 있는 얼굴보다 더 훌륭한 얼굴을 보며 살아 왔지요.
콘월	이놈은 솔직하다고 칭찬을 받으니까 우쭐해서 일부러 난폭한 짓을 해 보이고, 자기의 천성에도 맞지 않은 행동을 하는 놈이야. 아첨을 못한다! 정직하고 솔직하니까. 사실을 말하지 않고는 못 배긴다! 세상 사람들이 그것을 받아주면 좋고, 안 받아줘도 솔직히

할 말은 한다 이거지. 이런 종류의 악당은 나도 알고 있어. 솔직함을 간판으로 내걸고 뱃속에는 흉측한 계획을 감추고 있거든. 이런 놈은 윗사람에겐 언제나 쩔쩔매고 굽실대면서 주인의 비위를 맞추는 무리보다도 더 간악하고 흉측한 놈이야.

켄트　　각하, 본심에서 우러나오는 정성을 다해서 말씀드리지만 거룩하신 어전에 엎드려 빛나는 태양신의 이마에 번득이는 찬란한 광채 같은 위광을 받아 계시는 각하의 허락을 얻어서 말이에요.

콘월　　그건 무슨 소리냐?

켄트　　공작님 마음에 안 드시는 것 같아서 제 말버릇을 고쳐 보자는 거지요. 저는 아첨은 할 줄 몰라요. 솔직한 말투를 가장하여 속이는 놈은 진짜 악한이지요. 그런데 저로서는 그런 놈이 될 수는 없지요. 비록 당신이 역정을 내시는 바람에 저에게 '그런 놈이 되어 보라' 고 말을 하시게 할 수는 있을지라도.

콘월　　*(오즈왈드에게)* 그런데 무엇 때문에 저놈을 화나게 했지?

오즈왈드　　저는 잘못이 없어요. 며칠 전 저놈의 주인인 왕께서 오해 때문에 저를 때린 적이 있지요. 그때 저놈이 한패가 된 채 임금님의 역정에 비위를 맞추어 뒤에서 저에게 다리를 걸었지요. 그래서 제가 쓰러지자 의기양양하여 조롱하고, 마치 영웅이나 된 듯 우쭐댔으며 그것이 대견한 양 임금님의 칭찬을 받았어요. 일부러 져준 상대를 가지고 말이에요. 그 대단한 공로에 맛이 들어 여기서 또 칼을 뺐다고요.

켄트　　이러한 비겁한 악당은 에이젝스 Ajax 까지 자기의 광대로 취급하기 마련이거든.

콘월　　차꼬를 가져와라! 이 고집통이 늙은 악한아, 나이 값도 못하는 허풍쟁이야, 버릇을 가르쳐 주겠어.

켄트	저는 너무 늙어서 이제 배울 수 없지요. 차꼬를 채우지는 마세요. 저는 임금님의 시종이거든요. 임금님의 일로 여기 왔다고요. 임금님의 일로 온 사람을 형틀에 채우면 임금님의 위덕에 대해서 불경일 뿐 아니라, 임금님께 너무나도 악의를 표시하는 것이 될 거요.
콘월	빨리 차꼬를 가져와라! 나의 생명과 명예에 걸고 명령하지만 이놈을 정오까지 차꼬에 채워 놓아라.
리건	정오까지요? 밤까지, 아니 밤새도록 채워 놓게 하세요.
켄트	부인, 제가 당신 아버님의 개라 해도 그런 학대는 부당해요.
리건	우리 아버님이 데리고 있는 악한이니까 그렇게 해야겠어.
콘월	이것이 처형의 편지에 적혀있는 바로 그 패거리야. 빨리 차꼬를 가져와라. *(하인들이 차꼬를 들고 온다.)*
글로스터	공작 전하, 그러지 마세요. 저 사람의 죄는 크지만, 그의 주인인 임금님께서 응징하실 거요. 공작 전하의 처벌은 비열하고 비루한 악당들이 좀도둑질이나 그밖에 흔해 빠진 범죄 때문에 받는 처벌이

	지요. 임금님께서는 자신의 전령이 그렇게 칼에 채인 것을 아신다면 반드시 화를 내실 게 아닙니까!
콘월	그 책임은 내가 질 테요.
리건	언니는 더욱 성을 낼 거야. 자기 부하가 모욕을 당하고 습격당했다는 걸 알면 말이지. 저 다리에 차꼬를 채워요. *(켄트 백작이 차꼬에 채인다.)*
콘월	자, 갑시다.

🌺 *글로스터 백작과 켄트 백작만 남고 모두 퇴장한다.*

글로스터	참 안 됐군. 공작의 뜻이니 어쩔 수 없지. 그분의 성질은 누구나 알다시피 아무도 말리거나 막을 수 없으니까. 그러나 내가 한번 용서를 청해 보겠어요.
켄트	그만 두세요. 전 밤새 자지 않고 걸어왔으니 잠시 푹 자겠어요. 깨어나면 휘파람이나 불겠어요. 세상에는 착한 사람이라도 운이 기우는 경우가 있지요. 그럼, 안녕히 주무세요!
글로스터	이건 공작의 잘못이야. 임금님께서는 화를 내실 게야. *(글로스터 백작이 퇴장한다.)*
켄트	하느님의 축복을 버리고 뙤약볕으로 나간다. 임금님께서는 이 격언을 몸소 체험하셔야만 하는군. 하계를 비치는 봉홧불이여, 어서 오라. 네 빛의 도움으로 이 편지를 읽고 싶어. 비참한 처지가 아니고서는 기적이란 거의 볼 수 없어. 이것은 확실히 코델리아 공주의 편지야. 내가 이렇게 변장을 하고 있다는 걸 다행히도 알고 계시는 모양이야. 시기를 보아서 이 난세로부터 나라를 구해내고 손실을 보상해 주실 모양이로군. 피로와 밤샘으로 녹았어. 무거운

눈(眼)이어서 다행이야. 이 굴욕적인 잠자리 차꼬는 보지 마라. 운명의 여신이여, 안녕히 가세요. 훗날 다시 미소를 보여 주고 행운의 수레바퀴를 돌려주세요. *(켄트 백작이 잠이 든다.)*

글로스터 : 훗날 다시 미소를 보여 주고 행운의 수레바퀴를 돌려주세요. _ 16세기 판화

벌판.

🌿 *에드거가 등장한다.*

에드거   나는 지명 수배돼 있는 모양인데, 다행히 나무 구멍 속에 숨어서

잡히는 건 면했어. 항구는 모두 봉쇄되었고, 나를 체포하기 위하여 경계와 엄중한 망이 쳐져 있지 않은 곳이라곤 없어. 도망치는 데까지 도망쳐서 생명을 보전해야지. 그리고 궁핍이 인간을 모멸하여 짐승같이 해놓은 것처럼 비천하고 구차한 꼴을 해야겠어. 얼굴에는 숯검정을 바르고 허리에는 남루한 담요를 두르고, 머리칼은 엉키어 매듭을 짓게 하고, 그리고 비바람이나 혹한에도 벌거벗고 지내야겠어. 이 나라에서 베들럼Bedlam (정신병원)의 미치광이 거지들이 좋은 본보기야. 그들은 무서운 소리로 떠들며, 마비되어 무감각해진 자기 팔에 바늘, 나무 꼬챙이, 못, 미질향(迷迭香) 나무의 가지 등을 꽂았지. 그리고 그런 무서운 몰골로 초라한 농가나, 가난한 마을이나, 양 우리나, 물방앗간 등을 찾아다니면서 때로는 미친놈같이 저주도 해보고, 때로는 기도를 하며 동냥을 달라고 졸라대더군. "불쌍한 거지 털리고드Turlygood, 불쌍한 거지 톰Tom 이라고요!" 이렇게 하면 연명은 할 수 있겠지! 그러나 에드거라고 하면 안 되지. *(퇴장한다.)*

에드거 : 궁핍이 인간을 모멸하여 짐승같이
해놓은 것처럼 비천하고 구차한
꼴을 해야겠어.
_F.W. 페어홀트 작

2막 4장

글로스터 백작의 성 앞.

🌸 켄트 백작은 차꼬에 채워져 있다. 리어 왕, 광대, 기사가 등장한다.

리어 왕　이렇게 갑자기 집을 비우고, 더욱이 나의 전령도 돌려보내지 않는 건 이상해.
기사　제가 들은 바로는 어젯밤까지도 떠날 의향은 별로 없었다고 하지요.
켄트　안녕하십니까, 폐하!
리어 왕　에잇! 그런 모욕을 당하고도 재미로 아느냐?
켄트　천만의 말씀이지요.
광대　하, 하! 지독한 각반(脚絆)을 차고 있군. 말은 머리를, 개와 곰은 모가지를, 원숭이는 허리를, 사람은 다리를 묶이지. 다리를 함부로 쓰면 나무 양말을 신기게 마련이야.
리어 왕　너의 신분을 몰라보고 그렇게 한 놈은 누구냐?
켄트　두 분이지요. 폐하의 따님과 사위님.
리어 왕　그럴 리가 없어.
켄트　아니, 그렇지요.
리어 왕　아냐, 그럴 리 없어.
켄트　제 말은 사실이라고요.
리어 왕　아냐, 아냐. 그런 짓은 안할 사람들이야.

켄트	아니에요. 실제로 그랬어요.
리어 왕	주피터 Jupiter에 걸고 맹세하지만, 그렇지 않아!
켄트	주노 Junor 여신에 걸고 맹세하지만, 그랬다고요.
리어 왕	그들이 감히 그럴 리가 없어. 하지도 못하겠지만, 하려고도 안할 거야. 국왕의 전령에게 감히 그런 난폭한 짓을 하다니, 살인보다도 괘씸한 짓이야. 자세한 내용을 빨리 말해 보아라. 무슨 곡절이 있어서 내 전령인 네가 이런 처벌을 자초했는지, 또는 그들이 이런 처벌을 내렸는지를 말이야.
켄트	제가 그 댁에 도착해서 공작 내외분께 임금님의 친서를 전하고 있을 때, 무릎을 꿇고 있는 것이 의무인 자리에서 제가 채 일어나기도 전에 마침 전령이 한 명 뛰어왔어요. 그 자는 하도 급히 달려 온 바람에 땀으로 죽탕이 된 채 숨을 헐떡거리며 자기 주인 거너릴 님의 인사를 전하고 저를 젖혀 놓고 편지를 내놓았지요. 공작 부부는 그 자리에서 편지를 읽어보고 나자 갑자기 하인들을 불러 모아 가지고 곧 말을 타더니 저에게는 "뒤따라오라. 틈이 나는 대로 답장을 쓰겠어."라고 하시고 싸늘한 눈초리로 노려보셨지요. 그런데 여기 와서 그 다른 전령을 만났지만 그 자식의 인사에 저는 기분이 잡쳐 버렸지요. 글쎄, 그 자식은 지난번에 폐하께 무례하게 군 놈이어서 저는 칼을 빼었거든요. 그랬더니 그 겁쟁이 놈이 비명을 지르며 이 집 사람들을 불러서 깨웠어요. 폐하의 사위님이나 따님은 제가 저지른 죄에 대해서는 이런 치욕을 보여 주어도 당연하다고 보신 거라고요.
광대	들기러기들이 저리 날아가는 걸 보니 겨울은 아직 안 지나갔어. *(노래한다.)*

　　　아비가 누더기를 걸치면

　　　　　자식은 모르는 척하지만,
　　　　　아비가 돈 주머니 차고 있으면
　　　　　자식들은 모두 다 효자지.
　　　　　운명의 여신은 인정머리도 없는 창녀인데
　　　　　가난한 사람에게는 문도 열어주지 않지.
　　　　하지만 당신은 따님들한테서 일 년 동안 헤아려도 다 헤아릴 수 없을 정도의 불(弗貨, 火) 주머니를 얻을 거요.
리어 왕　아, 이 가슴속에서 화가 치미는구나! 홧덩어리야, 내려가라! 치밀어 오르는 슬픔아, 네가 있을 곳은 아랫배야! 이곳의 내 딸은 어디 있느냐?
켄트　백작과 함께 안에 계시지요.
리어 왕　너는 따라오지 말고 여기 있어라. *(리어 왕이 안으로 들어간다.)*
기사　지금 말씀하신 것 이외에는 무례한 짓을 전혀 안 했나요?
켄트　전혀 안 했어요. 그런데 임금님은 왜 이렇게 몇 안 되는 시종만 데리고 오셨나요?
광대　그런 걸 물어보다가 차꼬를 차게 된 거라면, 그런 벌은 싸지.
켄트　그건 왜 그러냐, 광대야?
광대　개미에게 가서 배워라. 겨울에는 일을 안 한다는 걸 배우라고. 코가 향하는 대로 따라가는 놈도 장님이 아니라면 모두 눈을 믿고 가지. 그리고 장님의 코라도 스무 개의 코 가운데 악취를 냄새 맡지 못하는 코는 하나도 없어. 커다란 수레바퀴가 산에서 굴러 내릴 때는 매달리지 말아야 해. 매달리고 있으면 목이 부러지고 말 테니까. 하지만 그 커다란 수레바퀴가 올라갈 때에는 뒤에서 끌려 올라가야만 하지. 현명한 사람이 와서 이보다 더 좋은 것을 가르쳐 준다면, 지금 내가 가르친 말은 돌려줘. 이건 악한에게나 지키

광대 : 봉공하는데 이해타산만 따지고
겉으로 따르는 놈은
비가 오기 시작하면 보따리 싸고,
폭풍우 속에 너 혼자 있게 하지.
_ 18세기 판화

        라고 해야겠어. 광대가 한 충고니까. *(노래한다.)*

           봉공하는데 이해타산만 따지고

           겉으로 따르는 놈은

           비가 오기 시작하면 보따리 싸고,

           폭풍우 속에 너 혼자 있게 하지.

           나는 이대로 머무르겠어. 광대는 그냥 있겠으니

           똑똑한 놈은 달아나라.

           악당은 달아나서 바보가 되지만

           광대는 절대로 악당은 안 된다고.

켄트   광대야, 넌 그런 걸 어디서 배웠냐?

광대   바보같이 차꼬를 차고 배운 건 아니야!

리어왕으로 분장한
19세기 배우 부스 Edwin Booth

🍀 리어 왕이 글로스터 백작을 데리고 등장한다.

리어 왕 면회 사절이라고? 이 나에게? 둘이 다 병이 났다고? 피곤하다고? 밤새도록 여행을 했다고? 순전히 구실이야. 부모를 배신하고 부모를 버리려는 증거야. 더 좋은 회답을 가지고 와라.

글로스터 폐하, 아시다시피 공작은 열화 같은 기질이라서 한번 그렇게 말하면 그만 요지부동이지요.

리어 왕 경을 칠 것! 염병이나 걸려라! 죽어 버려! 박살이 나버려라! 열화 같다고? 기질이 어쩌고 어째? 이 봐, 글로스터, 글로스터! 내가 콘월 부부를 만나려고 하는 거야.

글로스터 예, 그렇게 말씀드렸지요.

리어 왕 둘에게 말씀을 드렸다고? 넌 내가 하는 말을 알아듣고는 있느냐?

글로스터	잘 알고 듣고 있지요.
리어 왕	국왕이 콘월하고 할 이야기가 있는 거야. 애비가 딸하고 할 이야기가 있는 거야. 오라고 명령하는 거야. 이 말을 둘에게 전했느냐? 이 숨도 피도 멎어 버려라. 열화 같다고? 열화 같은 공작이라고? 그 열화 같은 공작에게 이렇게 말을 전해라. 내가 말이야. 아냐, 혹시 몸이 불편한지도 모르지. 건강한 사람이면 자진해서 하는 일도 병이 나면 태만해지게 마련이거든. 피로 때문에 육체뿐 아니라 정신마저 고통을 받게 되면 우리는 본성을 잃게 마련이지. 음, 참자. 병자의 발작을 건강한 사람과 같이 생각하다니, 너무 성급한 내 성질이 나쁜 거야. *(켄트 백작을 바라본다.)* 내 권세도 땅에 떨어져라! 뭣 때문에 저 사람을 이렇게 해놓아야 하는 거야? 이걸 보면, 공작 부부가 나를 멀리하는 것은 뭔가 흉계가 있는 게 틀림없어. 저 하인을 풀어놓아라. 공작 부부에게 내가 할 얘기가 있다고 전해라. 자, 빨리 나와서 내 말을 들어 보라고 해라. 안 나오면 침실 입구에 가 북을 쳐서 잠을 쫓아내 버릴 테니.
글로스터	부디 화목하게 지내시면 좋겠어요. *(퇴장한다.)*
리어 왕	아이고, 이 가슴아, 복받치는 이 가슴아! 진정해라!
광대	아저씨, 큰 소리로 야단치세요. 점잔 빼는 여자가 뱀장어 요리를 하려고 산 뱀장어를 밀가루 반죽에 넣을 때 같이 말이야. 기어 나오는 뱀장어 대가리를 때리면서 "이놈아, 들어가, 들어가!" 하듯이 말이야. 말이 귀엽다고 사료에다 버터를 발라 준 자는 그녀의 오빠였어.

🎭 *글로스터 백작의 안내로, 콘월 공작, 리건이 그 시종들과 함께 등장한다.*

리어 왕	밤새 내외가 다 잘 있었느냐?
콘월	폐하께 인사드립니다. *(켄트 백작을 풀어준다.)*
리건	폐하, 뵙게 되어 기뻐요.
리어 왕	그렇겠지. 리건, 당연히 그래야. 나를 만나서 네가 기쁘지 않다면, 네 어미는 간통한 여자니까 난 그녀를 무덤에서 파내 이혼해야겠지. *(켄트 백작에게)* 아, 풀려났느냐? 그 문제는 나중에 얘기하기로 하고 말이야. 리건, 네 언니는 지독한 년이야. 아, 리건, 그년은 불효라는 예리한 어금니로 독수리처럼 여기를 물어뜯었어. *(자기 가슴을 가리킨다.)* 난 말로는 설명할 수도 없어. 넌 믿어지지 않을 거야. 얼마나 비열한 수단으로 그랬던지 말이야. 아, 리건!

리건	제발 진정하세요. 언니의 심정을 오해하신 게 아닐까 해요. 언니가 효성을 소홀히 할 리는 없어요.
리어 왕	뭐라고? 그게 무슨 소리냐?
리건	저는 언니가 조금이라도 효도를 게을리 했다고는 생각하지 않아요. 혹시 언니가 아버님의 시종들의 난폭함을 제지했다면, 거기에는 충분한 근거와 정당한 목적이 있어서 그런 거고 언니에게는 잘못이 없다고 생각해요.
리어 왕	그 망할 년!
리건	아, 아버님은 늙으셨어요. 아버님은 고령이시고 수명도 얼마 안 남으셨으니까 자기보다는 사정을 더 잘 아는 분별 있는 사람에게 의지하고 그 지도를 따르셔야 해요. 그러니 제발 언니에게 돌아가셔서 용서를 빌고 잘못했다고 말씀하세요.
리어 왕	그녀에게 용서를 빌라고? 이것이 왕실의 가장이 할 짓이란 말이냐? "귀여운 딸아, 나는 과연 늙어 빠졌어. 늙은이는 소용없지. (무릎을 꿇으며) 이렇게 무릎을 꿇고 애원해. 부디 옷과 잠자리와 먹을 것을 제공해주기 바라겠어." 이렇게 빌라는 말이냐?
리건	그만두세요! 그건 보기 흉한 장난이에요. 언니에게 돌아가세요.
리어 왕	(일어서면서) 절대로 안 가겠어. 그녀는 내 부하를 절반으로 줄인 데다가 눈으로 나를 무섭게 노려보고, 독설을 휘둘러서 독사같이 이 가슴을 물어뜯었어. 하늘에 저장된 복수가 모조리 그 호래 딸년 머리 위에 쏟아져 내려라! 하늘의 독기여, 그녀의 아직 태어나지 않은 자식들에게 스며들어서 그것들을 절름발이로 만들어라!
콘월	저런, 저런!
리어 왕	날쌘 번개야, 눈을 멀게 하는 너의 번갯불로 오만한 그녀의 눈을 찔러 버려라! 강렬한 햇살 아래 피어오르는 늪지대의 독 기운아,

	아래로 내려와서 그년의 미모를 망쳐 놓고 그년을 옴투성이로 만들어라!
리건	아, 무서워! 화가 나신다면 나에게도 저렇게 저주하시겠지.
리어 왕	아니야. 리건, 너를 저주하는 일은 절대로 없을 거야. 너는 본래 착한 인성을 지니고 있으니까 몰인정한 짓은 안하겠지. 그년 눈은 사납지만 네 눈은 상냥하고 이글거리지도 않아. 너는 나의 기쁨을 훼방하거나, 하인을 줄이거나, 꽥꽥 말대답을 하거나, 부양 비용을 깎거나, 그리고 끝내는 내가 찾아가는 것이 싫어서 문을 잠그거나 하지는 않을 테지. 인간의 본분이나 자식 된 책임이나 예의 범절이나 은혜를 갚는 길들을 너는 잘 분간할 거야. 내가 왕국의 절반을 준 것을 너는 잊지 않았을 테니까.
리건	아버님, 용건이나 말씀하세요.
리어 왕	내 사람을 차꼬에 채운 놈은 누구냐? *(안에서 나팔 소리가 난다.)*
콘월	저 나팔 소리는 뭐지?
리건	확실히 언니일 테지요. 편지로 알린 것처럼 벌써 오시는군요.

오즈왈드가 등장한다.

리건	공작부인이 오셨는가?
리어 왕	*(오즈왈드에게)* 요놈, 여우같은 놈! 변덕스런 여주인의 총애를 믿고 우쭐해서 잘난 체 뻐기는 놈! 썩 물러가라, 종놈아! 꼴도 보기 싫다.
콘월	왜 그리시는 거지요?
리어 왕	내 하인에게 차꼬를 채운 건 누구냐? 리건, 너는 아니겠지.

🌼 *거너릴이 등장한다.*

리어 왕   누구냐, 나타난 건? 아, 하늘이여! 늙은이를 가엾게 여기신다면, 당신의 높은 지배가 효성을 가상하게 여긴다면, 또는 당신 자신이 늙었다면, 제발 저를 보호해 주시고, 하늘의 전령을 내려 보내 저를 도와주십시오! *(거너릴에게)* 너는 이 수염을 봐도 창피하지 않느냐? 오, 리건! 너는 그년의 손을 잡는단 말이냐?

거너릴   손을 잡는 게 뭐가 나빠요? 제가 무슨 무례한 짓을 했지요? 분별없는 사람이 생각하는 무례, 망령 든 분이 말하는 무례, 그것이 그대로 모두 무례일 수는 없어요.

리어 왕   아, 이 가슴아, 너는 어지간히 질기구나! 용케도 터지지 않는구나! 어떻게 해서 내 하인이 차꼬에 채워졌느냐?

콘월   제가 채웠지요. 그놈의 무례한 행동은 더 심한 처벌을 받아 마땅했지요.

리어 왕   네가? 네가 했다고?

리건   아버님, 아버님은 연로하시니까 연로하신 분답게 처신하세요. 이제 돌아가셔서 한 달이 지날 때까지 언니 집에서 계시다가 시종들을 절반으로 줄여 가지고 제게 오세요. 저는 지금 집을 떠나 있고, 아버님을 모시려 해도 필요한 준비가 돼 있지 않아요.

리어 왕   그년한테 돌아가라고? 게다가 시종 오십 명을 내보내라고? 싫어. 그보다는 차라리 두 번 다시 다른 사람의 지붕 밑에서는 살지 않겠어. 늑대나 올빼미의 벗이 되어 궁핍의 고통을 당하는 편이 낫지. 그년한테 돌아가라고? 그년한테 갈 바에야 막내딸을 알몸으로 데려간 저 맹렬한 프랑스 왕 앞에 무릎을 꿇고 비천한 신하처럼 여생을 이어갈 연금을 구걸하는 편이 낫지. 그년한테 돌아가라고? 차라리 *(오즈왈드를 가리키며)* 저 가증스러운 종놈의 노예와 마부가 되라고 권해라.

거너릴   그거야 마음대로 하세요.

리어 왕   *(거너릴에게)* 얘, 제발 나를 미치게 하지 마라. 내 자식인 네 신세는 지지 않겠어. 잘 있어라. 다시는 만나지 않겠어. 다시는 서로 얼굴을 맞대지 않겠어. 하지만 너는 내 살과 피를 나누어 가진 딸이야. 아니, 내 살 속에 있는 질병이지. 그러니까 내 거라고 하지 않을 수 없지. 너는 내 썩은 피 속에 생긴 종기야. 매독으로 생긴거라고. 퉁퉁 부은 부스럼이야. 하지만 난 너를 책망하지 않겠어. 네가 창피를 당할 날이 올 때는 오더라도, 내가 그걸 네게 불러들이진 않겠어. 우레의 신에게 너를 사살해 버리도록 부탁하지도 않겠어. 숭고한 심판자 주피터 신에게 너를 고발하지도 않겠어. 개심할 때가 오면 개심해라. 기회를 봐서 좋은 사람이 되어라. 나는 참을 수 있지. 나와 내 백 명의 기사는 리건에게 가 있으면 되지.

리건   그렇겐 안 되겠어요. 저는 아직 아버님을 기다리지 않았어요. 맞아들일 준비도 되어 있지 않아요. 언니 말을 들으세요. 그렇게 화를 내시더라도 분별 있는 사람이 보면 망령 난 노인이니까 하고 참아 줄 테니까요. 그러니까 말이에요. 하지만 언니는 자기가 하는 일을 잘 알고 있어요.

리어 왕   너는 진심으로 그런 말을 하는 거냐?

리건   네, 진심으로 하는 거예요. 시종이 오십 명이라고요? 그만하면 됐지, 뭐예요? 그 이상 둘 필요가 어디 있어요? 아니, 그것도 많아요. 그렇게 숫자가 많으면 비용도 위험도 보통이 아니지요. 한 집에서 두 주인 밑에 있는 그 많은 하인이 어떻게 화목하게 지낼 수 있겠어요? 어려워요. 거의 불가능하지요.

리어왕으로 분장한
19세기 배우
킨 Charles Kean

거너릴   동생의 하인이나 제 하인을 부리시면 안 되나요?

리건   왜 안 되겠어요? 만일 저희 집 하인들이 불손하다면 저희가 얼마든지 단속할 수 있어요. 만약 이번에 저희 집에 오시려고 한다면 말이에요. 글쎄, 그런 위험성이 내다보이니까 말인데요. 제발 시종들을 스물다섯 명으로 줄이세요. 그 이상의 시종들에게는 내줄 방도 없고 뒤치다꺼리도 해줄 수 없으니까요.

리어 왕   난 너희에게 모든 것을 주었는데 말이야.

리건   정말 적절한 시기에 잘 주셨어요.

리어 왕   그리고 나는 너희를 내 후견인으로 삼아 모든 권한을 맡겼어. 그 대신 일정한 숫자의 시종들을 반드시 둔다는 조건이었다. 그런데 뭐, 이십오 명밖에는 안된다고? 리건, 진정으로 그러는 거냐?

리건   다시 한번 말하겠어요. 그 이상은 절대로 안 되겠어요.

리어 왕   나쁜 것도 옆에 더 나쁜 것이 나타나면 좋게 보이게 마련이야. 최악이 아닌 것이 약간은 가치가 있는 셈이 되지. *(거너릴에게)* 난

리어 왕 : 아, 광대야, 나는 미칠 것 같구나!

	네게 가겠어. 네가 말한 오십 명은 이십오 명의 두 배니까 네 효성은 저년의 것의 두 배가 되지.
거너릴	잠깐 기다리세요. 시종은 이십오 명이고, 열 명이고, 아니, 다섯 명이고 둘 필요가 어디 있어요? 우리 집에는 그 갑절이나 되는 하인들이 있으니까 언제든지 아버님 시중을 들 수 있잖아요?
리건	한 명도 필요 없지 않아요?
리어 왕	아, 필요는 따지지 마라! 아무리 비천한 거지라 해도 아주 하찮은 물건마저 그 여분을 가지고 있어. 자연이 필요 이상의 것을 인간에게 허용하지 않는다면 사람의 생활은 짐승과 다를 게 없지. 너는 귀부인이야. 그런데 만일 옷을 따뜻하게 입는 것마저 사치라고 한다면, 별로 따뜻하지도 않은데 네가 입고 있는 그런 사치스런 옷은 인간에게 무슨 필요가 있단 말이냐? 그러나 정말로 필요한 것은 말이야.
	하늘의 신들이여, 나에게 인내를 주십시오. 나에게는 인내가 필요하다고요! 신들이여, 나는 이렇게 불쌍한 늙은이지요. 슬픔은 가슴에 가득 차고 나이는 늙어서 어차피 불쌍한 신세지요. 이 딸년들의 마음이 아비를 배반하도록 만드는 것이 당신의 뜻이라 해도 내가 그걸 참고 견딜 수 있을 정도로 바보 취급은 하지 말아 주십시오. 내가 정당한 분노를 느끼도록 해주십시오! 여자들이나 무기로 쓰는 눈물이 이 사나이의 두 뺨을 더럽히지 않도록 해주십시오.
	이 흉악한 마녀 같은 것들아! 반드시 복수를 하겠어. 두고 봐라. 온 세상이 말이야. 반드시 할 테야. 무엇을 할는지 아직은 나도 모르겠지만, 온 세상이 벌벌 떨 그런 복수를 할 테야. 네년들은 내가 울 것이라고 여기지만 나는 절대로 안 울어. 울어야 할 이유야 충분히 있지. *(폭풍 소리.)* 하지만 이 심장이 수 만 조각으로 찢어지

	기 전에는 울지 않을 테야. 아, 광대야, 나는 미칠 것 같구나! *(리어 왕, 글로스터 백작, 켄트 백작, 광대가 퇴장한다.)*
콘월	자, 안으로 들어갑시다. 폭풍우가 닥칠 모양이니.
리건	이 집은 비좁아서 저 늙은이와 시종들을 다 맞아들일 수 없어요.
거너릴	스스로 편한 것을 버렸으니까 자업자득이야. 바보짓의 맛을 봐도 싸지 뭐야.
리건	아버님 한 분만이라면 기쁘게 환영해 드리겠지만 시종은 한 사람도 안 돼요.
거너릴	나도 그럴 작정이야. 글로스터 백작은 어디 갔을까?
콘월	늙은이를 따라갔지요. *(글로스터 백작이 되돌아온다.)* 아, 돌아오는군.
글로스터	왕께서는 대단히 화가 나셨어요.
콘월	어디로 가셨지요?

글로스터	말을 타야겠다고 소리치고 계신데 어디로 가실는지 모르겠군요.
콘월	내버려두는 게 좋아요. 고집대로 하라지.
거너릴	백작, 절대로 만류하지 마세요.
글로스터	아아, 밤은 되고, 사나운 바람이 심하게 몰아치고 있어요. 이 근처 수 마일 이내에는 거의 덤불 하나 없다고요.
리건	아, 고집쟁이에게는 자업자득의 고생이 좋은 스승이 돼요. 문을 모두 닫으세요. 아버님은 난폭한 시종들을 데리고 있어요. 그들이 귀가 얇은 아버님을 부추겨 무슨 짓을 하게 할는지 몰라요. 그러니 경계해야지요.
콘월	백작, 문을 닫으시오. 오늘 밤은 날씨가 험악하군요. 리건 말이 옳아. 자, 폭풍우를 피합시다. *(모두 퇴장한다.)*

황야.

🍀 천둥, 번개, 폭풍. 켄트 백작과 한 기사가 좌우에서 등장한다.

켄트	누구냐? 험한 날씨뿐인 줄 알았더니.
기사	날씨처럼 몹시 마음이 불안한 사람이지요.

켄트	아는 사람이로군. 임금님은 어디 계신가요?
기사	폭풍우와 싸우고 계시지요. 바람이 이 대지를 바다 속으로 날려 버리던가, 소용돌이치는 파도가 육지로 밀려와서 천지를 뒤엎고 모든 것을 없애 버리던가 하라고 호통치고 계시지요. 자기 백발을 쥐어뜯고 계시는데, 맹목적으로 사납게 부는 광풍은 임금님의 백발을 움켜잡고 조롱을 하고 있어요. 소우주라고 할 사람의 몸을 지닌 채 혹심한 폭풍우를 이겨내려고 몸부림치고 계시지요. 젖을 다 빨려 버린 어미 곰도 숨어 있으며 사자나 굶주린 늑대도 비에 젖지 않으려고 하는 이 밤에 임금님께서는 모자도 안 쓰신 채 뛰어 다니며, 될 대로 되라고 외치고 계신다고요.
켄트	하지만 곁에는 누가 있지요?
기사	광대가 있을 뿐이지요. 그놈은 열심히 익살을 부려서 심장을 때려 부수는 듯한 고통을 제거해 드리려고 애쓰고 있지요.
켄트	나는 당신의 인품을 잘 알고 있어요. 그래서 당신을 믿고 중대한 일을 부탁하겠어요. 서로 교묘하게 가면을 쓰고 있어서 아직 표면에 나타나 보이지는 않지만, 사실 올버니 공작과 콘월 공작 사이는 깊은 금이 가 있다고요. 그런데 두 공작의 하인들 중에는 말이에요. 하기야 운명의 힘으로 왕위나 높은 지위에 오른 사람에게는 그런 놈들이 붙어 있게 마련이지만, 겉으로는 충복인 척하면서 은밀히 프랑스 왕의 간첩이 되어 우리 영국 쪽의 정보를 몰래 프랑스에 보내는 자가 있어요. 그래서 그 정보가 탐지해 낸 두 공작 사이의 알력이나 음모며, 또는 착하신 늙은 왕에 대한 두 공작의 가혹한 행실이며, 또는 그것들은 아마 표면상의 이유일 뿐 사실은 그 이면에 숨겨진 무슨 깊은 비밀이며, 샅샅이 보고되고 있지요. 어쨌든 프랑스군이 분열된 우리나라를 공격해 온 건 확실해요. 실

태풍 속의 리어왕 _ 존 런시먼 작

제로 그들은 우리가 방심한 틈을 타서 몰래 우리나라의 어느 주요 항구에 이미 상륙하여 공공연하게 이리로 진격해 올 태세지요. 그러니 부탁하겠어요. 나를 믿고 지금 곧 도버 Dover에 간 다음, 임금님이 얼마나 학대를 받으며 광란할 것 같은 비탄에 빠져 계시는지 정확히 보고해 준다면, 당신의 노고에 보답할 사람이 있을 거요. 이렇게 말하는 나는 혈통으로나 가문으로나 당당한 신사지요. 나는 당신에 관해 어느 정도 알고 있고 신원도 확인했기 때문에 이 일을 부탁하는 거요.

기사   좀 더 자세히 설명해 주세요.

켄트   염려 말아요. 내가 외모 이상의 신분에 속한다는 증거로 이 돈주머니를 드리지요. 돈주머니를 열고 안에 든 것을 마음대로 쓰세요. 만일 당신이 코델리아 님을 만난다면, 반드시 만나게 되겠지만 말이에요. 이 반지를 보여 드리면, 지금은 당신이 모르는 이 사람이 누군지 공주님이 당신에게 말씀해 주실 거요. 무슨 비바람이 이렇게 심한가! 임금님을 찾으러 가봐야겠군요.

기사 자, 악수합시다. 더 하실 말씀은 없나요?

켄트 몇 마디만 더하겠는데 이건 제일 중요한 거요. 임금님을 만나게 되면 말이에요. 당신은 저쪽으로 가고 나는 이쪽으로 가니까, 먼저 임금님을 만나게 되는 사람이 큰 소리를 질러서 신호하기로 합시다. *(따로따로 퇴장한다.)*

3막 2장

황야의 다른 곳.

🌺 폭풍우. 리어 왕과 광대가 등장한다.

리어 왕 바람아, 불어라! 네 두 뺨을 터뜨려라! 미친 듯이 불어 대라! 들끓어라! 쏟아져라! 폭포수 같은 호우야, 억수 같은 폭우야, 내려 쏟아져서 높이 솟은 첨탑들을 침수시키고 지붕 꼭대기의 풍향계 수탉들을 익사시켜 버려라! 순식간에 천지를 달리는 유황불아, 참나무를 두 쪽 내는 천둥의 선도자인 번개야, 둥근 지구를 때려 부수

리어왕 : 바람아, 불어라! 네 두 뺨을 터뜨려라!

	어서 납작하게 만들어라! 인간 창조의 모태들을 부수고, 배은하는 인간을 만드는 씨들을 당장 쓸어서 없애 버려라!
광대	아, 아저씨, 비 안 맞는 집안에서 아첨하는 것이 밖에서 비 맞는 것보다는 더 나아요. 아저씨, 돌아가서 따님들더러 축복해 달라고 빌어요. 이런 밤은 똑똑한 놈에게나 바보에게나 동정하지 않으니까요.
리어 왕	배가 터지도록 으르렁대라! 불아, 뿜어 나와라! 비야, 쏟아져라! 비도 바람도 천둥도 번개도 내 딸은 아니야. 너희를 불효한다고 책망하지는 않겠어. 너희에게는 영토를 주지도 않았어. 너희를 내 딸이라고 부르지도 않았어. 너희는 내게 복종할 의무가 없어. 그러니까 마음대로 무서운 짓을 해라. 나는 너희 노예야. 이처럼 가엾고 무력하며, 쇠약하고 천대받는 노인이야. 그러나 나는 너희를 비굴한 부하들이라고 부르겠어. 저 악독한 두 딸의 편을 들어서 이런 늙은이의 백발의 머리 위로 하늘의 군대를 끌고 오려고 하다니! 아, 너무해.
광대	머리를 넣어 둘 집을 가진 사람은 좋은 머리를 가진 사람이지. (노래한다.)

　　　　머리 넣을 집도 없는데
　　　　불알 넣을 주머니를 마련한다면
　　　　머리에도 불알에도 이가 끓지.
　　　　거지들은 그렇게 장가들지.
　　　　발가락을 자기의 가슴이라도 되는 듯이
　　　　소중히 여기는 사람은
　　　　아픈 티눈 때문에 잠을 못 자고
　　　　눈을 뜬 채 긴 밤을 새워야 되지.

그렇지, 어느 미인이든 거울 앞에서는 오만상을 지어 보거든.

🌺 켄트 백작이 등장한다. 그는 케이어스로 변장하고 있다.

리어 왕	아니야, 나는 인내의 모범이 되겠어. 아무 말도 안 하겠어.
켄트	누구냐?
광대	관을 쓴 사람과 바지에 불알주머니가 달린 사람이야. 글쎄, 똑똑한 사람과 *(왕을 가리키며)* 바보 말이야.
켄트	아이고, 폐하, 여기 계세요? 밤을 좋아하는 짐승도 이런 밤은 싫어하지요. 이렇게 날씨가 험악해서야 캄캄한 밤에 헤매고 돌아다니는 맹수들조차 겁이 나서 굴속에 숨어 있지요. 이토록 처참한 번개, 이토록 무서운 천둥, 이토록 뒤끓는 폭풍우의 울부짖음을 저는 태어난 이후 아직 겪은 적이 없어요. 사람의 몸으로는 도저히 이런 고통이나 공포를 감당할 수 없어요.
리어 왕	우리 머리 위에 이렇게 무서운 혼란을 펼쳐 놓고 있는 신들이여, 이제는 진짜 적을 분간하십시오. 너, 은밀한 죄를 가슴속에 품은 채 아직 정의의 채찍을 받지 않고 있는 죄인아, 무서워서 떨어라! 너, 살인자야, 너, 위증자야, 너, 근친상간 하고도 근엄한 척하는 놈아, 숨어라! 교묘하게 남의 눈을 속여 사람을 살해하려고 한 악당아, 덜덜 떨어라! 마음속에 깊이 숨겨진 죄들아, 너희를 감싸서 숨기고 있는 가슴패기를 찢고 나와서 이 무서운 호출자들에게 자비를 간청해. 나는 죄를 범했다기보다 침범을 당한 사람이야.
켄트	아아, 모자도 안 쓰셨나요? 폐하, 이 근처에 오두막집이 있어요. 누군가 인정 있는 사람이라면 폐하께서 비바람을 피하시도록 제공해 줄 거예요. 거기서 잠시만 쉬고 계세요. 그동안 제가 저 인정

리어 왕: 나는 죄를 범했다기보다
침범을 당한 사람이야.

|리어 왕| 없는 집, 석조건물인데 돌보다도 가혹한 집, 아까도 임금님의 행방을 물었더니 저를 들어오지도 못하게 했던 집, 그 집에 다시 간 다음, 무척 인색하게 구는 예의를 억지로라도 지키게 해보겠어요.
내 정신이 이상해지기 시작하는군. 애, 이리 와라. 애야, 추우냐? 나는 추워. *(켄트 백작에게)* 이 봐, 네가 말한 그 지푸라기 깔개는 어디 있느냐? 곤궁함은 신기한 마술을 부리지. 천한 것도 귀한 것으로 해주니까. 그 오두막집으로 가자. 애, 광대 놈아, 나는 마음속 한구석에서 네게 여간 미안하게 생각하고 있는 게 아니야.

광대   *(노래한다.)*
지혜가 모자라는 사람이라도

리어 왕 : 광대야, 자,
그 오두막으로 안내해라.

　　　　　바람 부는 날이든 비오는 날이든
　　　　　모조리 운명으로 체념을 하라.
　　　　　날마다 비만 내리더라도.
리어 왕　정말 그렇다, 애야. 자, 그 오두막집으로 안내해라. *(리어왕과 켄트 백작이 퇴장한다.)*
광대　탕녀의 욕정을 식히기엔 좋은 밤이야. 여기서 나가기 전에 예언을 하나 해야겠어.
　　　　　사제들이 실천보다 말을 앞세우게 될 때,
　　　　　술장수들이 물로 누룩을 망치게 될 때,
　　　　　귀족들이 자기 재단사의 선생이 될 때,
　　　　　이교도들이 아니라 기생들의 서방들이
　　　　　화형(매독)을 당하게 될 때,
　　　　　소송마다 모조리 정당하게 판결될 때,

빚에 쪼들리는 신사도, 가난한 기사도 없게 될 때,
욕이 남의 혀에 오르지 않게 될 때,
소매치기가 군중 속에 나타나지 않게 될 때,
고리대금업자가 들에서 돈을 계산하게 될 때,
뚜쟁이들과 창녀들이 교회를 세우게 될 때,
그 때에는 앨비온 Albion(영국)의 방방곡곡에
엄청난 혼란이 닥칠 것이다.
그때까지 살아 보면 알게 되겠지만
두 다리란 걸어가는 데 쓰자는 것이지.
이런 예언은 멀린 Merlin 예언자가 해야 제격일 게야. 나는 그의 시대보다 앞서서 살고 있는 사람이니까. *(광대가 퇴장한다.)*

글로스터 백작 성의 어느 방.

🌸 글로스터 백작과 에드먼드가 횃불을 들고 등장한다.

글로스터 아아, 아아, 에드먼드, 이토록 인륜에 어긋나는 처사는 처음 봤어. 임금님을 가엾게 여겨서 도와드리려고 공작 부부에게 애원했다가 나는 저택을 몰수당해 버렸어. 그뿐 아니라, 만일 임금님의 이

	야기를 다시 꺼낸다든가, 임금님을 위해서 탄원하든가, 또는 어떠한 방법으로든 원조하든가 하면, 영원히 자기들의 노여움을 살 각오를 하라는 엄명이 내렸어.
에드먼드	지독하게 야만적이고 무도하군요!
글로스터	그만 둬. 아무 말도 마라. 두 공작 사이에는 불화가 생겼고 게다가 더 불행한 일이 일어났지. 나는 오늘 밤 밀서를 한 통 받았는데 이걸 입 밖에 내는 건 위험해. 밀서는 장롱에 감춘 뒤에 자물쇠를 걸어서 잠거 버렸어. 현재 임금님께서 받으시는 학대에 대해서는 철저한 복수가 있을 게야. 벌써 군대가 일부 상륙했지. 우린 임금님의 편을 들어야만 해. 나는 지금부터 찾아가서 은밀히 도와드리겠어. 너는 가서 공작을 상대하며, 나의 호의가 눈치 채이지 않도록 해라. 이 일로 내가 목숨을 잃는다 해도, 사실 그렇게 위협 당하고 있지만, 나는 오랫동안 섬겨 온 임금님을 반드시 도와드려야겠어. 에드먼드, 뭔가 이변이 닥칠 것만 같구나. 부디 조심해라. *(글로스터가 퇴장한다.)*
에드먼드	당신에게 금지된 이 충성을 나는 공작에게 즉시 알려야겠어. 밀서에 관해서도 역시 마찬가지야. 이건 큰 공적이 될 것 같아. 그러면 당신이 잃은 재산은 몽땅 내 차지가 되지. 젊은이가 일어서는 건 늙은이가 쓰러질 때야. *(에드먼드가 퇴장한다.)*

황야의 오두막집 앞.

🍀 폭풍우 속에서 리어 왕, 켄트 백작, 광대가 등장한다. 켄트 백작은 케이어스로 변장하고 있다.

켄트　　　여기지요. 자, 들어가세요. 캄캄한 밤의 들에서 이렇게 맹렬한 폭풍우는 사람이 견딜 수 없다고요.
리어 왕　　내 염려는 하지 마라.
켄트　　　들어가세요.

리어 왕 : 억수같이 쏟아져라. 나는 참겠어. _ 벤저민 웨스트 작

리어 왕	내 가슴을 부수어 놓겠단 말이냐?
켄트	오히려 제 가슴을 부수어 놓고 싶군요. 제발 들어가가세요.
리어 왕	이렇게 밀어닥치는 폭풍우로 흠뻑 젖은 것을 너는 대단한 일로 알고 있군. 네게는 그럴 테지. 하지만 큰 병을 앓고 있으면 작은 병은 느껴지지 않아. 곰을 보면 누구나 도망치지만, 앞에 거친 파도가 치는 바다가 가로막고 있다면 곰을 정면으로 대적할 수밖에 없어. 마음에 고민이 없을 때 육체의 고통은 예민하게 느껴지지. 내 가슴속에 폭풍우가 일고 있기 때문에 육체는 아무 감각도 못 느껴. 이 가슴을 치는 것, 배은망덕의 불효밖에는 말이야! 이 불효는 음식을 날라주는 자기 손을 입으로 물어뜯는 것과 같지 않겠느냐? 그러나 나는 철저히 처벌할 거야. 아니, 더 이상 울지 않겠어. 이런 밤에 나를 내쫓았다고? 억수같이 쏟아져라. 나는 참겠어. 이런 밤

에 이렇게 쫓아냈다고? 아, 리건, 거너릴, 아낌없이 모두 내어준 늙고 인자한 애비를 쫓아내다니! 아, 그걸 생각하면 미칠 것 같아. 그렇게 생각하지 말아야지. 이제 그만 두자.

켄트 제발 어서 들어가세요.

리어 왕 너나 들어가서 편히 쉬어라. 더욱 쓰라린 일들은 이 폭풍우 덕분에 돌이켜 생각해 보지 않아도 되겠어. 하지만 난 들어가겠어. *(광대에게)* 들어가라, 얘야, 먼저 들어가. 집도 없는 가난뱅이들아. 얘, 먼저 들어가라. 이제 나는 가난한 사람들을 위해 기도하고, 그런 다음에 자겠어. *(광대가 들어간다.)* 헐벗고 불쌍한 가난뱅이들아, 지금 너희들은 어디 있든지 간에 이런 무자비한 폭풍우에 시달리고 머리를 넣을 집도 없으며, 굶주린 배도 배지만 창문같이 구멍이 난 누더기를 걸친 채 어떻게 이렇게 험한 날씨를 감당하느냐? 아, 나는 이제까지 너무나도 무관심했어. 영화를 누리고 있는 자들아, 이걸 약으로 삼아라. 폭우에 시달려 보고 가난뱅이들의 처지를 경험해 봐라. 그러면 남고 넘치는 것을 털어내서 그들에게 나누어주고, 하늘의 도리가 우리가 생각하는 것보다 공정하다고 증명해 보여주게 될 거야.

에드거 *(오두막집 안에서)* 한 길 반이야, 한 길 반! 불쌍한 톰이야! *(광대가 놀라며 오두막집에서 뛰어나온다.)*

광대 들어가지 말아요, 아저씨. 귀신이야. 사람 살려, 사람 살려!

켄트 내 손을 붙잡아. *(안에다 대고)* 거기 있는 건 누구냐?

광대 귀신이야, 귀신! 자기 이름이 불쌍한 톰이래요.

켄트 거기 지푸라기 깔개에서 중얼거리는 놈은 누구냐? 이리 나와.

❦ *미친 거지로 가장한 에드거가 오두막집에서 나온다.*

에드거   저리 가! 사악한 악마가 나를 쫓아와! 가시 돋친 산사나무 가지 사이로 찬바람이 불어. 흥! 악마야, 네 잠자리에 들어가 몸뚱이를 따뜻하게 해라.

리어 왕   너도 딸들에게 모두 주어버렸느냐? 그래서 이 지경이 됐느냐?

에드거   이 불쌍한 톰에게 누가 뭘 준다는 거야? 사악한 악마가 톰을 끌고 다녔지. 불 속으로, 화염 속으로, 개울과 여울 속으로, 늪과 수렁 위로 끌고 다녔어. 악마는 베개 밑에 자살용 칼을 넣어 놓았고 목매달아 죽을 밧줄을 걸상에 갖다 놓았어. 혹은 죽 그릇 옆에 쥐약을 갖다놓았고, 그리고 교만한 마음을 일으키게 하여 다섯 치밖에 안 되는 다리를 밤색 말로 건너게 했으며, 반역자를 잡는다면서 자기 그림자를 쫓아가게 하는 것들도 그놈 짓이야. 신의 가호로 넌 미치지 마라! 톰은 추워. 아, 덜, 덜, 덜. 신의 가호로 넌 회오리바람도 별의 독기도 마녀의 주문도 받지 말고, 악마에게 들리지도 마라! 불쌍한 톰에게 자선을 좀 베풀라고. 톰은 사악한 악마에 들려 있어. 자, 이번엔 꼭 악마를 붙잡아야지! 여기, 여기야. 저기야! *(여전히 폭풍우.)*

리어 왕   뭐야, 이놈도 제 딸 때문에 이 꼴이 되었나? 너는 네 몫을 아무것도 남겨 놓지 않았느냐? 모두 주어 버렸느냐?

광대   담요 한 장은 남겨 놨군, 그래. 그것마저 줘버렸더라면 이쪽이 창피해서 못 볼 거야.

리어 왕   인간의 악행들 위에 떨어지려고 허공에 서려 있는 모든 독기가 너의 딸들 위에 떨어져라!

켄트   저 사람에게는 딸들이 없어요.

리어 왕   사형이다, 반역자야! 불효하는 딸들이 없이는 인간이 저렇게 망측하게 될 리가 없어. 버림받은 아비들이 저렇게 자기 육체를 무자비하게 취급하는 것이 요즈음 세상의 유행이냐? 당연한 벌이지! 제 아비의 피를 빨아먹는 펠리칸 Pelican 같은 딸들을 낳은 것은 원래 이 살이었으니까.

에드거 필리콕 Pillicock 양반은 필리콕 언덕 위에 앉아 있군. 여기! 여기, 여, 여!

광대 이런 추운 밤엔 모두 바보나 미치광이가 돼 버릴 거야.

에드거 사악한 악마를 조심해. 부모 말을 잘 듣고, 약속은 꼭 지켜. 함부로 맹세하지 말고, 남의 아내를 건드리지 말고, 좋은 옷에 정신 팔지 마라. 톰은 추위.

리어 왕 너는 전에 무엇을 했느냐?

에드거 이래뵈도 여간 아닌 건달이었지요. 머리는 지지고, 모자에는 애인한테 받은 장갑을 달고, 주인아씨 색정을 맞춰 주며 음탕한 짓도 했고요. 입만 열었다 하면 맹세를 하고는 하느님의 인자한 얼굴 앞에서 깨뜨려 버렸고, 자고 있을 때는 성욕을 만족시킬 궁리를 하고, 눈을 뜨면 그것을 실행했고요. 술은 고래고, 노름에는 미치고, 여자에 있어서는 터키 왕을 뺨칠 정도로 호색이었지요. 거짓말쟁이고, 귀는 얇고, 손은 잔인했으며, 게으르기로는 돼지요, 교활하기로는 여우요, 욕심 많기로는 이리요, 미치광이 같기로는 개요, 잡아먹기로는 사자였지요. 구두 소리가 나고 비단옷 스치는 소리가 난다고 여자에게 한눈을 팔아서는 안 되지. 창녀 집에는 발을 들여 놓지 말고, 치마 구멍에는 손을 넣지 말며, 고리대금 장이의 장부에는 펜을 대지 말고, 악마는 쫓아버려. 산사나무 사이로 찬바람이 윙, 윙, 윙 하며 불고 있어. 돌고래 이놈아. 자! 통과시켜 줘라. *(폭풍우가 계속된다.)*

리어 왕 넌 이런 맹렬한 비바람을 알몸뚱이로 대하고 있으니 차라리 무덤 속으로 들어가 있는 게 더 낫겠어. 사람이 저 자 꼴밖에 될 수 없느냐? 저 자를 봐라. 너는 누에에게서 비단도 얻지 못했고, 짐승에게서 가죽도, 양에게서 털도, 사향고양이에게서 사향도 얻지 못했어. 하! 하! 여기 세 사람은 타락한 가짜들인데, 너만 진짜야. 옷을 벗으면 인간은 너 같이 불쌍하고 발가벗고 두 다리 가진 짐승에 불과해! 빌려 입은 이런 것들은 벗어버리자! 얘, 이 단추 좀 풀어 줘. *(리어 왕이 옷을 벗으려고 몸부림친다.)*

광대   제발, 아저씨, 좀 참아요. 오늘 밤은 날씨가 나빠서 헤엄은 못 쳐요. 넓은 벌판에 작은 불이 있어 봤자 색골 늙은이의 가슴속 같은 거야. 조그만 불똥만 하나 있을 뿐, 몸뚱이 전부는 차디차거든. 저것 봐, 불이 이쪽으로 걸어와.

    🌼 글로스터 백작이 횃불을 들고 등장한다.

에드거   이건 악마 플리버티지베트 Flibbertigibbet야. 저놈은 인경 칠 때 나타나서 첫닭이 울 때까지 떠돌아다니거든. 우리를 삼눈쟁이, 사팔뜨기, 언청이로 만드는 것은 저것의 짓이야. 밀 이삭을 썩히고, 흙 속의 지렁이를 곯리는 것도 저놈의 짓이야.
    마귀 쫓는 성자가 벌판을 세 번 가로질러 가다가
    아홉 마리 새끼 딸린 악몽의 마귀를 만났지.
    성자는 앞으로 못된 짓 하지 말라고 맹세시켰지.
    그러니까 마귀야, 꺼져, 없어져!

켄트   폐하, 왜 이러시지요?
리어 왕   저것은 누구냐?
켄트   누구냐? 뭘 찾느냐?

에드거 : 차꼬에 채여서
감옥에 갇히는 놈이다.
_ 12세기 필사본

글로스터   거 뭐냐, 너희들은? 이름을 대라.
에드거   불쌍한 톰이야. 이놈은 물에 노는 청개구리도, 두꺼비도, 올챙이
         도, 도마뱀도, 도롱뇽도, 물 도롱뇽도 뭐든지 먹어. 악마가 지랄을
         하면 이놈은 화가 나서 푸성귀 대신 쇠똥을 먹고, 죽은 쥐나 시궁
         창에 버려진 개도 삼키고, 웅덩이 물을 푸른 이끼 째 함께 마셔 버
         리지. 이놈은 매를 맞고 마을에서 마을로 끌려 다닌 다음 차꼬에
         채여서 감옥에 갇히는 놈인데, 이래봬도 윗도리를 세 벌, 몸에는
         셔츠를 여섯 벌 가졌던 놈이다.
           말도 타고, 칼도 차고 다녔지.
           새앙 쥐들과 들쥐들과 그런 꼬마 짐승들이
           기나긴 일곱 해 동안 톰의 음식이었지.
         나를 따라다니는 놈을 조심해. 가만있어, 악마 스멀킨 Smulkin아.
         가만히 있어, 이 악마야!
글로스터   아니, 폐하, 이런 것하고 같이 계셨나요?
에드거   염라대왕은 신사야! 그 이름은 모우도우 Modo인데 마후 Mahu라
         고도 해.

리어왕/3막 4장 _ 109

글로스터 : 아니, 폐하,
이런 것하고 같이 계셨나요?

글로스터	*(리어 왕에게)* 폐하, 혈육인 자식까지 몹시 악독해져서 자기를 낳아준 부모를 미워하는 세상이 됐군요.
에드거	불쌍한 톰은 추워.
글로스터	자, 가시지요. 저는 폐하의 신하로서 따님들의 무정한 명령에 복종할 수는 없어요. 저의 성문을 닫은 채 폐하를 이 밤의 맹위 속에서 고생하도록 내버려두라는 엄명이었지만, 저는 폐하를 뵙고 따뜻한 불과 식사가 준비돼 있는 곳으로 안내해 드리려고 찾아왔다고요.
리어 왕	먼저 이 학자하고 문답을 해보자. *(에드거에게)* 천둥은 어째서 생

	기느냐?
켄트	폐하, 저분의 말씀대로 하세요. 그의 집으로 들어가세요.
리어 왕	나는 이 테베 Thebes의 학자와 한 마디 해보겠어. *(에드거에게)* 네 전문은 무엇이냐?
에드거	악마를 가로막는 것과 이(虱)를 잡는 게 내 전문이야.
리어 왕	네게 가만히 한 마디 물어 볼 게 있어. *(에드거와 따로 이야기한다.)*
켄트	*(글로스터 백작에게)* 한번 더 권해 보세요. 그는 실성하기 시작하는 것 같군요.
글로스터	그게 어디 임금님의 잘못이겠어요? *(여전히 폭풍우.)* 딸들이 그를 죽이려고 하거든요. 아! 저 훌륭한 켄트! 가엾게도 추방당한 그는 꼭 이렇게 될 것이라고 말했지! *(켄트 백작에게)* 임금님이 실성하기 시작한 것 같다고 당신은 말하지만 사실은 나도 미칠 것 같아요. 나에게도 아들이 하나 있었는데, 지금은 나의 혈통에서 떨어져 나가버렸지요. 그놈이 내 목숨을 노렸거든요. 최근에, 아주 최근에 일어난 일이지요. 나는 그놈을 사랑했어요. 어떤 아비가 그렇게 사랑했겠어요? 사실은 그 비통함 때문에 나는 미치게 될 것 같아요. 무슨 밤이 이렇단 말인가! *(리어 왕에게)* 제발 폐하!
리어 왕	아, 용서해주시오. *(에드거에게)* 철학자 선생, 같이 갑시다.
에드거	톰은 추워.
글로스터	*(에드거에게)* 이 봐, 넌 저 오두막집에 들어가. 그 안에서 몸을 녹여.
리어 왕	자, 모두 같이 들어가자.
켄트	이쪽으로 오세요.
리어 왕	아냐, 난 저 사람하고 같이 가겠어. 항상 저 철학자 선생하고 같이

켄트	있고 싶으니까.
켄트	*(글로스터 백작에게)* 하자는 대로 놓아두시고, 저 사람을 데리고 가게 해드리세요.
글로스터	*(켄트 백작에게)* 저 사람은 당신이 데리고 오세요.
켄트	*(에드거에게)* 이 봐, 따라와. 우리와 같이 가자.
리어 왕	자, 갑시다, 아테네에서 온 선생.
글로스터	조용히, 조용히, 쉿!
에드거	젊은 기사 롤랜드 Rowland가 캄캄한 탑에 도착했을 때, 탑의 주인인 거인이 여전히 이렇게 말했어. "흐, 훙! 영국인의 피 냄새가 나는군." *(모두 퇴장한다.)*

글로스터 백작 성의 어느 방.

🌺 콘월 공작과 에드먼드가 등장한다.

콘월	이 집을 떠나기 전에 난 기어코 복수하고 말 테야.
에드먼드	이렇게 부자 사이의 천륜마저 어긴 채 제가 충성을 했다는 소문이 퍼지겠지만, 그걸 생각하니 저는 어쩐지 두렵기만 하군요.
콘월	이제야 알겠어. 네 형이 아비의 목숨을 노린 것도 네 형의 흉악한

	성질 때문만은 아니었다는 걸 말이야. 아비에게도 비난받을 만한 약점이 있어서 그것이 아들에게 살의를 일으키게 할 이유가 된 거였어.
에드먼드	정당한 일을 하면서도 그걸 뉘우쳐야만 하는 저의 운명은 얼마나 기구한가요! 이것이 아버지가 얘기하신 밀서지만, 이것으로 보아 아버지는 프랑스군을 돕는 첩자라고 판명되었지요. 아, 아! 이런 반역이 없었더라면, 또는 내가 밀고자가 되는 일이 없었더라면 좋았을 것을!
콘월	나와 함께 공작부인에게 가자.
에드먼드	이 서신의 내용이 사실이라면 공작께서는 대사건을 치러야 되시겠군요.
콘월	사실이든 아니든, 이제 네가 글로스터 백작이 되는 거야. 부친의 거처를 빨리 알아내서 그가 곧 체포될 수 있도록 해라.
에드먼드	*(방백)* 잘 됐어. 임금님을 돕고 있는 현장이라도 발각되면 그의 혐의는 더욱 짙어질 게야. *(콘월 공작에게)* 충성과 효도 사이에 갈등이 아무리 고통스럽더라도 저는 어디까지나 충성을 다할 각오라고요.
콘월	나는 너를 신임하겠어. 그리고 친아버지 이상으로 너를 사랑하겠어. *(두 사람이 퇴장한다.)*

3막 6장

글로스터 백작의 성 부근에 위치한 농가.

🌿 글로스터 백작과 켄트 백작이 등장한다.

글로스터   이래도 한데보다는 더 나으니까 고맙게 여기세요. 국왕을 좀 더 편안하게 해드리려고 나는 최선을 다할 작정이지요. 난 곧 돌아올 거요.

켄트   임금님은 울화가 치밀어서 분별력을 온통 상실하셨어요. 당신의 친절은 참으로 감사해요. *(글로스터 백작이 퇴장한다.)*

🌿 리어 왕, 광대, 에드거가 등장한다. 에드거는 불쌍한 톰으로 가장한다.

악마 _ 16세기 판화

에드거	악마 프라테레토우 Frateretto가 나를 부르더니, 뭐, 네로 Nero가 지옥의 호수에서 낚시질을 하고 있다고 말해 주지. *(광대에게)* 바보야, 기도를 하고, 악마를 조심해라.
광대	*(리어 왕에게)* 아저씨, 좀 가르쳐 주세요. 미친놈은 도시의 신사인가요, 아니면 시골농부인가요?
리어 왕	왕이지, 왕이야!
광대	아냐, 농부야. 그의 아들이 신사가 된 거야. 아들이 먼저 신사가 되게 한 것은 미치광이 농부지 뭐야.
리어 왕	천 명의 악마들이 새빨갛게 달구어진 쇠꼬챙이를 들고 와서 그년들에게 덤벼들게 하자!
에드거	악마가 내 잔등을 물어뜯고 있어요.
광대	늑대가 온순하다고 생각하고, 말을 병에 안 걸리는 짐승이라고 믿고, 소년의 사랑이나 창녀의 맹세를 진실하다고 믿는 놈은 미친놈이지.
리어 왕	그래, 재판을 하자. 곧 법정에서 심문하겠어. *(에드거에게)* 자, 박식한 재판장님은 이리 앉아요. *(광대에게)* 현명한 당신은 여기에, 그리고 요 암컷 여우들은 말이야.
에드거	저기 악마가 버티고 서서 노려보고 있어요! 부인, 저것이 재판을 방청해도 괜찮아요? *(노래한다.)* 강을 건너 이리 와라, 베시 Bessy야.
광대	*(노래한다.)* 배는 물이 새지. 그래서 말을 못하지, 건널 수 없는 까닭을.
에드거	악마가 꾀꼬리 소리로 둔갑하여 불쌍한 톰에게 달라붙어 있어요.

리어왕 / 3막 6장 _ 115

	악마 홉단스 Hopdance는 톰의 뱃속에서 흰 날청어를 두 마리 달라고 야단이에요. 꿀꿀거리지 마라, 시커먼 악마야! 네게 먹일 건 없으니까.
켄트	왜 그러세요? 그렇게 멍하니 서 있지 마세요. 좀 누우시고, 자리 위에서 쉬시지 않겠어요?
리어 왕	먼저 그년들을 재판해야지. 증인을 불러와. *(에드거에게)* 법관의 제복을 입은 재판장님, 착석하세요. *(광대에게)* 너는 동료 재판관이니까 그 옆 재판관 자리에 앉아라. *(켄트 백작에게)* 너도 재판관의 한 사람이야. 그러니 거기 착석해라.
에드거	공평하게 처리합시다. *(노래한다.)* 잠이 들었느냐, 깨었느냐, 즐거운 목동아? 네 양이 보리밭을 망치고 있어. 어여쁜 입으로 피리 불면 양들은 벌을 면할 게야. 야옹! 고양이는 쥐색이야.
리어 왕	먼저 저년을 호출해. 거너릴 말이야. 여기 훌륭한 분들 앞에서 나는 맹세해요. 이년은 자기 아비인 불쌍한 왕을 발길로 찼다고요.
광대	이리 나와. 네가 거너릴이냐?
리어 왕	아니라고는 못하지.
광대	이거 실례했어. 솜씨 좋게 만들어진 걸상인 줄만 알았지.
리어 왕	여기 또 하나 있어. 저 비뚤어진 얼굴이 어떤 근성을 가진 여자인지 잘 나타내고 있어. 붙잡아, 그년을! 무기를, 무기를! 칼을! 불을! 이 법정은 부패해 있어! 이 봐, 부정한 재판관! 왜 저년을 도주하게 했어?
에드거	신의 가호로 당신이 실성하지 마시기를!

켄트	아, 가엾어라! 폐하, 그렇게도 여러 번 장담하시던 그 인내는 어디다 두셨지요?
에드거	*(방백)* 동정한 나머지 눈물이 쏟아져 나와 도저히 더 이상 가장하지 못하겠는 걸.
리어 왕	강아지들마저 모조리 나를 보고 짖어대는군. 트레이 Tray나 블랜치 Blanch나 스위트하트 Sweet-heart 같은 강아지까지도 말이야.
에드거	톰이 이 머리통을 던져서 쫓아 드리지요. 저리 가, 이 강아지들아! 　입이 희든 검든, 　물면 이빨에 독 있는 놈도, 　집개, 사냥개, 사나운 잡종 개도, 　엽견, 작은 개, 냄새 잘 맡는 놈, 맹견도,

꼬리 잘린 것도, 꼬리 달린 것도,

톰이 깽깽 짖게 해줄 테야.

이렇게 내 머리통을 내던지면

개들은 싸리문으로 해서 도망쳐 가지.

덜, 덜, 덜, 추워. 자, 자, 출발이야! 밤잔치 자리로, 축제로, 시장으로. 불쌍한 톰아, 네 술그릇인 쇠뿔 나팔은 빈털터리야.

리어 왕   그럼, 리건을 해부해 주세요. 그년의 가슴속에는 무엇이 자라 있나 봅시다. 그런 냉혹한 마음을 만들어내는 까닭이 자연 안에 있단 말인가? *(에드거에게)* 이 봐, 너를 시종 백 명 중의 한 사람으로 채용하겠어. 다만 네 옷차림이 보기 흉해. 넌 페르시아 식이라고 할는지 모르지만, 그건 바꿔 입으라고.

켄트   폐하, 누워서 잠깐 쉬세요.

리어 왕   조용히 해. 커튼을 쳐라. 그렇게, 그렇게. 저녁 식사는 아침에 하지.

광대   그리고 나는 대낮에 자러 가야지.

🌱 글로스터 백작이 등장한다.

글로스터   *(켄트 백작에게)* 이봐요, 이리 나와요. 나의 주인이신 폐하께서는 어디 계시지요?

켄트   여기 계시지요. 하지만 조용히 하세요. 올바른 정신을 잃고 계시니까요.

글로스터   어서 안아 일으켜요. 암살 음모가 있다는 소문이 들려왔다고요. 들것이 준비돼 있으니 거기 태워서 빨리 도버로 모시고 가세요. 거기 가면 환영과 보호를 받을 거요. 어서 폐하를 안아 일으켜요.

반시간만 지체하는 경우에도 폐하의 목숨은 물론이고 당신의 목숨이나 폐하를 도와드리려는 모든 사람들의 목숨마저 틀림없이 달아나고 말 거요. 빨리 안아 일으켜요, 빨리. 그리고 나를 따라와요. 여행에 필요한 물건들이 있는 곳으로 안내할 테니까.

켄트   피로에 지쳐 곤하게 잠드셨군요. 이렇게 쉬고 계시면 부서진 신경이 다시 치유될는지도 모르겠지만, 형편상 휴식이 허락되지 않는다면 회복될 가망은 전혀 없지요. *(광대에게)* 자, 손 좀 빌려라. 주인님을 안아 일으키자. 너도 뒤에 처져서는 안 돼.

글로스터   자, 자, 갑시다! *(글로스터 백작, 켄트 백작, 광대가 리어 왕을 안고 퇴장한다.)*

에드거   높은 어른도 우리와 마찬가지로 몹시 고생하는 것을 보니 나의 불행을 원망할 수는 없겠어. 남들이 안락하게 지낼 때 자기 혼자만 고통 받는 것이 제일 고통스럽지. 그러나 슬픔에도 동료가 있고 고통에도 친구가 생긴다면 마음의 고통도 견딜 수 있지. 지금의 나의 고통도 가벼워지고 견디기 쉽게 된 것 같아. 나를 굽히게 하는 것이 임금님의 고개도 수그리게 하고 있으니까 말이야. 임금님은 딸들 때문에, 나는 아버지 때문에! 톰아, 물러가라! 귀인들 사이의 소동을 보고 있다가 때가 오면 나와라. 네 명예를 더럽힌 오명이 설욕되고 원래의 신분으로 돌아갈 날이 이제 반드시 올 거야. 오늘 밤 이보다 더한 무슨 일이 일어나더라도 제발 폐하께서는 무사히 피하시기를! 아, 숨자, 숨어. *(퇴장한다.)*

3막 7장

글로스터 백작 성의 어느 방.

🍀 콘월 공작, 리건, 거너릴, 에드먼드, 하인들이 등장한다.

콘월　　*(거너릴에게)* 급히 돌아가서 당신 남편에게 이 편지를 보여드리시오. 프랑스군이 상륙했거든요. *(하인에게)* 반역자 글로스터를 찾아와라. *(하인들의 일부가 퇴장한다.)*

리건　　당장 교수형에 처하세요.

거너릴　　눈을 뽑아 버리세요.

| 콘월 | 처분은 내게 맡기시오. 에드먼드, 너는 나의 처형(妻兄)을 모시고 가라. 반역자인 네 아버지에 대한 우리의 보복을 네가 보는 건 좋지 않아. 올버니 공작 저택에 도착하면 긴급히 응전 태세를 갖추라고 전해라. 이쪽도 곧 준비를 하겠어. 둘 사이에는 전령이 빨리 왕래하면서 정보를 전달하도록 하겠어. 처형, 안녕히 가세요. 글로스터 백작, 잘 가요. |

🌼 오즈왈드가 등장한다.

콘월	어떻게 됐느냐? 왕은 어디 계시느냐?
오즈왈드	글로스터 백작이 모시고 가버렸어요. 왕의 기사 삼십오륙 명이 열심히 왕의 행방을 찾고 있었지요. 그런데 성문 앞에서 만난 뒤 백작의 하인 여러 명과 합류한 채 임금님을 경호하여 도버를 향해 떠나버렸지요. 거기에는 자기 편 군대가 기다리고 있다고 큰소리쳤어요.
콘월	네 여주인이 타고 갈 말들을 준비해라.
거너릴	두 분 모두 안녕히 계세요.
콘월	에드먼드, 잘 가라. *(거너릴, 에드먼드, 오즈왈드가 퇴장한다.)* 반역자 글로스터를 체포해 와라. 강도처럼 두 손을 등 뒤로 묶어가지고 이리 끌고 와라. *(시종들이 퇴장한다.)* 재판 절차를 거치지 않고 사형을 선고하는 것은 옳지 않지만, 홧김에 권력을 휘두른 것이 되면 아무도 방해할 수 없어. 비난하는 놈은 있어도 말이야.

🌼 하인들이 글로스터 백작을 끌고 들어온다.

글로스터 : 수염을 잡아 뽑다니 너무나 무도하군요.

콘월	누구냐? 반역자냐?
리건	배은망덕한 여우 놈! 바로 그놈이로군.
콘월	그 말라빠진 두 팔을 꽉 묶어라.
글로스터	왜 이러시는 거요? 잘 생각해 보시오. 두 분은 저의 집의 손님이 아니신가요? 부당한 처사는 하지 마세요.
콘월	이 봐, 빨리 묶지 못하겠느냐? *(하인들이 글로스터 백작을 묶는다.)*
리건	꽁꽁 묶어라. 아, 더러운 반역자!
글로스터	잔인한 부인, 나는 반역자가 아니라고요.
콘월	이 의자에다 묶어라. 이 악당아, 본때를 보여 주겠어. *(리건은 의자에 묶인 글로스터 백작의 수염을 잡아 뽑는다.)*
글로스터	인자하신 신들에게 걸고 맹세하지만, 수염을 잡아 뽑다니 너무나 무도하군요.
리건	그래, 그렇게 흰 수염을 달고도 반역을 해?
글로스터	간악한 부인, 당신이 이 턱에서 뽑은 수염은 살아나서 당신을 저주할 거요. 나는 이 집의 주인이오. 주인의 얼굴에다 날도둑같이 굴며 폭행하는 것은 너무 심한 짓이오. 왜 이러는 거요?
콘월	이 봐, 최근에 프랑스로부터 무슨 편지를 받았느냐?
리건	솔직히 대답해. 증거를 잡고 있으니까.
콘월	그리고 최근에 이 나라에 상륙한 반역자들과 무슨 음모가 있었느냐?
리건	미친 왕을 누구 손에 넘겨줬지? 말해라.
글로스터	추측에 근거하여 쓰인 편지를 받긴 받았지만, 그건 어느 쪽에도 속하지 않는 제삼자로부터 온 것이고, 결코 적에게서 온 것은 아니지요.

콘월   간사한 것 같으니.
리건   거짓말쟁이.
콘월   왕을 어디로 보냈느냐?
글로스터 도버에 보냈지요.
리건   도버에 보낸 이유는 뭐냐? 네게 단단히 엄명해 두지 않았던가? 만일 그런 짓을 한다면 말이야.
콘월   왜 도버로 보냈어? 대답해 봐.
글로스터 곰처럼 말뚝에 묶여 있으니까 개떼의 습격을 받고야 말겠군.
리건   왜 도버로 보냈어?
글로스터 왜라니요? 당신의 잔인한 손톱이 불쌍한 늙은 왕의 눈을 뽑는 꼴이며, 흉포한 당신의 언니가 산돼지 같은 어금니로 신의 성유가 발린 육체를 쓰러뜨리는 짓을 차마 볼 수 없기 때문이지요. 모진 폭풍우에다 맨머리로 지옥 같은 밤의 어둠 속에서 고생하셨는데, 그런 폭풍우에는 바다라도 하늘로 솟구쳐 올라가서 별의 광채를 꺼버렸을 테지만, 가엾게도 왕은 쏟아지는 비를 눈물로 오히려 더 불어나게 하셨지요. 그런 무서운 밤에는 설령 늑대가 문전에 와서 짖는다 해도 "문지기, 문을 열어 주어라." 라고 말해야만 하겠지요. 맹수들도 연민을 아는데 말이오. 그러나 두고 봐. 이런 딸들에게는 반드시 천벌이 내릴 테니까.
콘월   두고 보라고? 당치 않을 소리. *(하인에게)* 얘, 그 의자를 꽉 붙들고 있어. *(글로스터 백작에게)* 너의 이 눈을 내 발로 짓밟아 주겠어. *(글로스터 백작의 한쪽 눈을 뽑아서 땅에 내던지고 짓밟는다.)*
글로스터 오래 살고 싶은 사람은 나를 좀 도와주세요. 아, 너무하구나! 아, 신들이여!
리건   한쪽 눈이 다른 쪽 눈을 보고 웃을 거예요. 그러니 그쪽 눈도 마저

곰을 화나게 하는 놀이 _ 14세기 판화

빼버려요!
콘월   천벌이 내리는지 보겠다지만 말이야.
하인1 제발, 그러지 마세요! 저는 어려서부터 당신을 모셔 왔어요. 지금 이걸 말리지 않는다면 하인으로서 면목이 없어요.
리건   뭐가 어째, 이 개놈아?
하인1 당신 턱에도 수염만 있다면 그 수염을 잡아 뜯어 주겠어.
리건   뭐라고?
콘월   이 종놈이? *(칼을 빼든다.)*
하인1 *(칼을 빼든다.)* 그럼 해봅시다. 상대해 드리지요. 화를 낸 사람과 맞붙어 보시라고요.
리건   *(다른 하인에게)* 칼을 이리 줘. 이 하인 놈이 감히 대들어? *(다른 하인이 준 칼을 받아들고는 등 뒤에서 하인을 찌른다.)*
하인1 아이고, 치명상이야. *(글로스터 백작에게)* 백작님, 제가 상대방에게 입힌 상처는 남은 눈 하나로 잘 아실 거예요. 아이고! *(죽는다.)*
콘월   이제 아무것도 보지 못하게 미리 막아 버려야지. 에잇, 더러운 풀

떡 같은 것! 부수어져라! 이제 광채는 어디 갔지? *(글로스터 백작의 나머지 눈을 뽑아서 밟아 버린다.)*

글로스터   온통 캄캄하고 의지할 곳도 없구나! 내 아들 에드먼드는 어디 있느냐? 에드먼드, 너의 효성의 불길을 모조리 일으켜서 이 무서운 짓에 복수해라.

리건   이 못된 반역자야! 너를 미워하는 아들을 불러 봐야 소용없어. 너의 반역을 밀고해 준 건 바로 그 사람이야. 그 사람은 너무나도 선량해서 너 같은 걸 동정하지 않아.

글로스터   아, 내가 어리석었구나! 그러면 에드거는 모략을 당했어. 자애하신 신들이여, 저의 죄를 용서하시고, 그 애에게는 행복을 내려 주십시오.

리건   이놈을 대문 밖으로 밀어내라. 냄새나 맡아서 도버까지 가라고 말이야. *(하인들이 글로스터 백작을 끌고 퇴장한다. 콘월 공작에게)* 왜 그러세요? 그 안색은 왜 그래요?

콘월   난 상처를 입었거든. 나를 따라와요. *(하인에게)* 저 눈 없는 악한은 쫓아내 버려라. 그리고 이 노예 놈은 쓰레기더미에다 던져 버

	려. 리건, 나는 출혈이 심해요. 때 아닌 부상을 당했지. 나를 좀 부축해 줘요. *(리건의 부축을 받아 콘월 공작이 퇴장한다.)*
하인2	저런 사람이 행복하게 산다면 난 무슨 나쁜 짓이라도 서슴지 않고 하겠어.
하인3	저런 여자가 오래 살아서 남들처럼 편안하게 죽는다면 여자들은 모두 괴물이 돼 버릴 거야.
하인2	저 늙은 백작님을 뒤따라가서, 어디라도 그분의 손을 끌고 다녀 달라고 베들럼의 그 거지에게 부탁하자. 미치광이 거지는 떠돌아다니는 것이 본업이니까 어디라도 가줄 수 있을 거야.
하인3	그게 좋겠어. 나는 베와 달걀 흰자위를 가져다가 저 피투성이 얼굴에 붙여 드려야겠어. 하느님, 저 분을 도와 주십시오! *(퇴장한다.)*

4막 1장

황야.

🍀 *에드거가 등장한다. 에드거는 불쌍한 톰으로 변장하고 있다.*

에드거   하지만 자신이 경멸당하고 있다는 사실을 스스로 알고 있는 편이 더 낫지. 입으로만 아첨을 받고 속으로는 항상 조소당하는 것보다는 말이야. 곤궁에 빠지고 운명에게 버림받아 가장 천한 역경에 처하면, 항상 희망이 있고 두려운 게 없어. 슬퍼할 것은 가장 좋은 처지에서 몰락하는 경우야. 역경의 밑바닥으로 떨어지면 웃음이 다시 돌아오지. 바람아, 불어라. 너는 보이지도 않지만 내 몸에는 느껴져. 나는 너 때문에 최악의 처지로 내동댕이쳐진 불쌍한 사람이니까 이젠 네가 아무리 세차게 불어도 무섭지 않아.

🌸 글로스터 백작이 한 노인의 손에 이끌려 등장한다.

에드거   그런데 누가 이리로 오는걸까? 아버님이신데 저 눈이 이상하구나! 아아, 세상이여, 이 세상이여! 운명의 변덕 때문에 우리는 세상을 증오하게 되지. 그래서 우리는 늙어서 죽고 싶어질 때까지 목숨을 부지하게 마련이야.

노인   아, 백작님, 저는 선대 때부터 팔십 평생 동안 하인 노릇을 해온 사람이라고요.

글로스터   비켜라! 제발 물러가라! 네가 도와준다 해도 나에게는 아무 소용도 없어. 오히려 너마저 화를 입어.

노인   그렇지만 길을 못 보시잖아요.

글로스터   나는 갈 길이 없으니까 눈은 필요 없어. 눈으로 보았을 때는 오히려 방심했거든. 눈이 없는 것이 차라리 유익해. 아, 내 아들 에드거야! 너는 속아 넘어간 아비의 노여움에 희생되었다고! 내 생전에 너를 한번 만져 볼 수 있다면 나는 시력을 되찾은 거라고 말하겠어.

노인   이 봐, 누구냐? 거기 있는 사람은 누구냐고?

에드거   (방백) 오, 신들이여! '나는 지금 제일 비참하다.' 고 누가 말할 수

	있느냐? 나는 예전보다 더욱 비참해졌어.
노인	미친 거지 톰이로군.
에드거	(방백) 나는 앞으로 더욱 비참해질는지도 몰라. '지금이 제일 비참하다.' 고 말할 수 있는 동안은 아직 제일 비참한 게 아니거든.
노인	이놈아, 어디를 가?
글로스터	저건 거지냐?
노인	미친놈인데다가 거지이기도 해요.
글로스터	거지 노릇을 할 수 있다면 완전히 미치진 않았겠군. 어젯밤 폭풍우 속에서 난 그런 놈을 봤어. 그걸 보고 사람도 벌레 같다는 생각이 들었지. 그때 얼핏 자식 생각이 떠올랐지만 난 마음속의 노여움이 여전히 풀리지 않았어. 하지만 그 후 여러 가지를 들었지. 장난꾸러기들이 파리를 다루듯이 신들은 인간을 다루거든. 신들은 장난삼아 우리 인간들을 죽이는 거야.
에드거	(방백) 도대체 어떻게 해서 이렇게 된 것일까? 슬픔에 빠져 있는 사람들을 상대로 광대 노릇을 해야 하는 건 가슴 아픈 일이야! 그건 나도 화나고 상대방도 화나게 만드는 일이지. 안녕하세요, 주인님!
글로스터	저놈은 벌거숭이냐?
노인	그렇지요.
글로스터	그러면 너는 돌아가. 그리고 나를 위해 도버로 가는 네가 길을 1마일이나 2마일 따라올 작정이라 해도 지난날의 정분을 생각해서 돌아가란 말이야. 그리고 저 벌거숭이 놈에게 입힐 옷을 좀 가져와. 난 저놈에게 안내를 부탁할 작정이니까.
노인	하지만 저놈은 미친놈인걸요.
글로스터	미친놈이 장님의 길잡이가 되는 건 세상이 잘못된 탓이야. 내가

에드거로 분장한 18세기 배우 레디시 Samuel Reddish

시키는 대로 해. 싫으면 마음대로 하고. 어서 돌아가.

노인 저의 제일 좋은 옷을 가지고 오겠어요. 그 결과로 저에게 어떠한 재앙이 닥쳐도 괜찮아요. *(노인이 퇴장한다.)*

글로스터 이 봐, 벌거숭이야!

에드거 불쌍한 톰은 추워요. *(방백)* 이젠 더 이상 가장할 수 없어.

글로스터 얘, 이리 와라.

에드거 *(방백)* 그래도 안 그럴 수는 없어. *(글로스터 백작에게)* 아, 큰일 났군요. 눈에서 피가 나잖아요!

글로스터 도버로 가는 길을 아느냐?

에드거 모두 알지요. 울타리의 층계든 큰 문이든, 말이 다니는 길이든 사람이 걸어 다니는 길이든 말이에요. 톰은 악마에게 놀라서 실성했지요. 양반 댁 아드님, 당신은 악마에게 홀리지 않도록 조심하세요! 가엾은 톰에게는 악마가 한꺼번에 다섯 마리나 달라붙어 있지요. 오비디커트 Ovidicut는 음탕한 악마고 홉비디덴스 Hobbididance는 암흑계의 두목이며, 마후 Mahu는 도둑질하는 악마고 모우도우 Modo는 살인하는 악마며, 플리버티지베트 Flibbertigibbet는 입을 실룩샐룩하는 악마인데, 이 맨 끝의 놈은 요즈음 나인(內人)이나 시녀들에게 달라붙어 있어요. 그러니까 영감님, 조심하라고요.

글로스터 얘, 이 돈주머니를 받아라. *(돈주머니를 준다.)* 너는 하늘의 재앙을 달갑게 받고 모든 불운을 감수하고 있어. 내가 불행해지고 보니 그만큼 너를 행복하게 해주게 되겠지. 하늘이여, 언제나 그렇게 처리해 주십시오! 남아서 넘칠 만큼 소유하고, 배가 터지도록 먹으며, 또한 신의 뜻을 자기 노예처럼 여기고, 자기가 느끼지 않는다고 해서 남의 가난은 거들떠보려고도 하지 않는 자들이 당장 당신의 위력을 느끼게 해 주십시오. 그러면 신의 뜻에 따라 분배는 과잉됨이 없이 골고루 이루어지며 모든 사람은 넉넉하게 될 테니까요. *(에드거에게)* 도버를 아느냐?

에드거 예, 알지요.

글로스터 그곳에는 절벽이 있는데, 높이 솟아 바다 쪽으로 돌출한 그 꼭대기는 해안선에 둘러싸인 바다를 눈 아래 무섭게 내려다보고 있지. 그 절벽의 앞턱까지만 나를 데리고 가라. 그러면 내 몸에 지닌 값나가는 물건들로 네가 견디고 있는 가난을 구제해 주겠어. 그 이후에는 안내해 주지 않아도 좋아.

에드거 손을 이리 내미세요. 불쌍한 톰이 안내해 드리겠어요. *(두 사람이 퇴장한다.)*

올버니 공작의 저택 앞.

🌺 거너릴과 에드먼드가 등장한다.

거너릴 백작님, 이제 도착했어요. 그런데 웬일일까요? 우유부단한 우리 바깥양반이 도중까지 마중도 안 나오시고 말이에요.

🌺 오즈왈드가 등장한다.

거너릴 너의 주인님은 어디 계시느냐?

오즈왈드 안에 계시긴 하지만 딴 사람처럼 변해 버렸어요. 적군이 상륙했다고 전하니까 빙그레 웃기만 하셨고, 부인께서 돌아오신다고 했더니 "아, 귀찮아."라고 대꾸하셨지요. 글로스터 백작의 반역과 그의 아들의 충성에 관해 보고했더니 "네 놈은 바보야."라고 하시는가 하면 "네놈 이야기는 정반대야."라고 하셨지요. 주인님께서 가장 싫어해야만 할 것이 오히려 그분 마음에 들고, 가장 마음에 들어야만 할 것이 오히려 울화중을 나게 하는 것 같아요.

거너릴 (에드먼드에게) 그러면 당신은 돌아가 주세요. 우리 바깥양반은 겁쟁이라서 무슨 일이든 하나도 대담하게 해내려고 들지를 않아요. 보복해야만 할 모욕을 받아도 모르는 척하거든요. 오는 도중에 얘기한 일은 우리의 희망 그대로 실현될 거예요. 에드먼드, 당신은 콘월 공작에게 돌아가세요. 그가 급히 군대를 소집하도록 한

거너릴 : 이 키스가 말을 한다면 당신은 하늘로 날아갈 듯한 기분이 되실 거예요.

뒤 당신이 그 군대를 지휘하세요. 나는 남편 대신에 군대를 지휘하고 남편의 손에는 실감개 대를 쥐어 주겠어요. 이 심복 하인이 우리들 사이에서 연락을 맡도록 하겠어요. 당신만 대담하게 용기를 내신다면 머지않아 한 부인으로부터 명령을 듣게 되실 거예요. *(사랑의 기념품을 주면서)* 이것을 지니세요. 아무 말도 마세요. 고개를 좀 수그리세요. *(에드먼드에게 키스한다.)* 이 키스가 말을 한다면 당신은 하늘로 날아갈 듯한 기분이 되실 거예요. 아시겠지요. 그럼 안녕.

에드먼드 당신을 위해서라면 죽음도 사양하지 않겠어요. *(에드먼드가 퇴장한다.)*

거너릴	나의 사랑하는 글로스터! 원, 남자는 남자라도 이렇게 다르다니! 여자의 진심은 당신에게 바쳐진 것이지요. 우리 집 바보는 내 몸을 횡령하고 있는 거예요.
오즈왈드	공작께서 이리 오시는군요. (오즈왈드가 퇴장한다.)

🍀 올버니 공작이 등장한다.

거너릴	종전에는 제게 휘파람쯤은 불어 주셨지요.
올버니	아, 거너릴, 당신은 거친 바람 때문에 당신 얼굴에 달라붙게 되는 먼지만도 못해! 놀라운 건 당신의 그 성질이야. 자기를 낳아 준 부모조차 업신여기는 근성은 자기 본분을 지키고 있다고는 할 수 없거든. 자기를 길러 준 어미 나무에서 그 가지인 제 몸을 찢어내는 여자는 반드시 시들어서 결국엔 땔감밖에 못 되게 마련이지.
거너릴	듣기 싫어요! 그런 설교는 바보스러워요.
올버니	악한 자에게는 성인군자의 가르침도 악하게만 들리게 마련이지. 더러운 것들에게는 더러운 것만 마음에 들지. 당신이 한 짓은 뭐요? 그건 사람의 딸이 한 것이 아니라 호랑이가 한 짓이라고! 아버지를, 더욱이 인자한 노인을 당신은 미치게 만들었지. 쇠사슬에 목이 매여 끌려 다니는 사나운 곰조차도 그 어른의 손을 핥아 줄 거요. 그토록 잔인하게도, 그토록 수치스럽게도 늙으신 부왕을 실성하게 만들다니! 콘월 공작도 그걸 가만히 보고만 있었단 말인가? 그 사람은 늙으신 국왕의 큰 은혜를 입고, 그 덕택으로 왕족이 된 사람인데 말이야! 만일 하늘이 눈에 보이는 대리인을 시켜서 이런 흉악무도한 자들을 당장 응징하지 않는다면, 인간들은 바다의 괴물들처럼 반드시 서로 잡아먹고 말 게야.

거너릴	비겁한 사람 같으니! 뺨은 얻어맞기 위해 가지고 있고, 머리는 얻어터지기 위해서 달고 있는 사람이에요. 이마에 눈이 달려 있으면서도 수치와 명예를 분간하지 못하는 사람이지요. 악인이 아직 죄를 범하기도 전에 미리 처벌되는 것을 보고 측은하게 여기는 건 바보나 하는 짓이라는 것도 모르는 사람이라고요. 북치는 사람들은 어디 있어요? 프랑스 왕이 조용한 이 나라에서 군기를 휘날리고 투구에 꽂은 깃털도 자랑스럽게 당신의 나라를 위협하기 시작하는데, 당신은 설교나 하기 좋아하는 바보같이 가만히 앉아서 "아, 왜 이러는 거냐?" 하고 소리나 지르겠단 말인가요?
올버니	이 악마야, 반성을 좀 해봐! 마귀에게 특유한 추악함도 여자로 가장한 마귀보다는 무섭지 않아.
거너릴	정말 어리석은 바보야!
올버니	여자로 둔갑하여 본성을 감추고 있는 악마 같으니! 창피를 안다면 당신의 모습을 악마의 모습으로 내버려두지 마라! 만일 내가 홧김에 이 팔을 휘두를 때에는 당신의 살과 뼈는 박살이 날 줄 알아. 당신은 악마지만, 여자의 형태를 취하고 있으니까 살려두는 거야.
거너릴	어머! 그 용기 대단하시군! 홍!

🍀 *리건의 전령이 등장한다.*

올버니	무슨 일이냐?
전령	아, 공작님, 콘월 공작께서 돌아가셨어요. 글로스터 백작의 한쪽 눈을 빼려다가 하인의 칼에 찔려서 말이에요.
올버니	글로스터의 눈을 빼다니!
전령	어릴 때부터 콘월 공작 밑에서 자란 하인이 동정심에 못 이겨 가

	로막으며 자기 주인에게 칼을 빼들었지요. 그러자 공작께서 격분하여 달려들었고, 공작 부부는 그를 찔러 죽였지만 그때 공작 자신도 치명상을 입었기 때문에 곧 세상을 떠나고 마신 거라고요.
올버니	이거야말로 하늘에는 우리를 심판하는 신들이 계신다는 좋은 증거야. 이토록 신속하게 지상의 우리 죄악을 응징하시다니! 하지만, 아, 가련한 글로스터! 그래, 그는 한쪽 눈을 잃었느냐?
전령	두 눈을, 두 눈을 모두 잃으셨어요. *(거너릴에게 편지를 준다.)* 이 편지는 답장이 시급한 것이라고 해요. 콘월 공작부인의 편지거든요.
거너릴	*(방백)* 한편으로 생각하면 잘됐어. 하지만 동생이 과부가 된 마당에 나의 에드먼드를 자기 곁에 두고 있다면, 나의 상상 속의 누각은 무참하게 무너지고 나에게 남는 건 지긋지긋한 인생일 게야. 그래도 생각에 따라서는 그리 씁쓸한 소식은 아니야. *(전령에게)* 곧 읽어보고 답장을 쓰겠어. *(거너릴이 퇴장한다.)*
올버니	글로스터가 두 눈을 뽑힐 때 그의 아들은 어디 있었느냐?
전령	안주인님을 모시고 이곳으로 왔지요.
올버니	여긴 안 왔어.
전령	곧 되돌아간 거지요. 되돌아가던 도중에 저를 만났으니까요.
올버니	그는 이 잔인한 짓을 알고 있느냐?
전령	알고말고요. 자기 부친을 밀고한 건 바로 그분이었지요. 처벌이 아무런 구애도 받지 않고 실시되도록 일부러 그곳을 피한 거라고요.
올버니	글로스터 백작! 살아 있는 한 나는 국왕에 대한 당신의 충성에 감사하고, 당신 두 눈의 원수를 갚아 드리겠소. *(하인에게)* 이쪽으로 와라. 더 아는 것이 있으면 말해 봐라. *(두 사람이 퇴장한다.)*

4막 3장

도버 근처의 프랑스군 진영.

🍀 켄트 백작과 기사 한 명이 등장한다.

켄트 프랑스 왕이 왜 그렇게 갑자기 귀국하셨는지 그 이유를 아는가요?

기사 본국에 남겨둔 미결 문제가 있었는데, 출진한 뒤 갑자기 생각이 났고, 그냥 두면 국가의 큰 사건으로 변할 우려도 있어서 부득이 귀국하셨지요.

켄트 누구를 총사령관으로 남겨 놓으셨나요?

기사 프랑스의 원수 라 파르 La Far 각하를 남겨 놓으셨지요.

켄트 왕비께서는 그 편지를 보시고 슬픈 표정을 지으셨나요?

기사 예, 그래요. 왕비께서는 편지를 받으시자 그 자리에서 읽어 보셨는데, 이따금 굵은 눈물방울이 아름다운 뺨을 줄줄 흘러내렸지요. 보기에 왕비께서는 깊은 슬픔을 억제하려고 하셨지만 그 슬픔은 반역자처럼 왕비께 왕권을 휘두르려고 하는 것 같았지요.

켄트 그러면 그 편지에 감동하셨군요.

기사 그러나 격렬하게 감동하신 건 아니었지요. 자제력과 슬픔은 어느 쪽이 왕비를 가장 아름답게 보이게 할 것인지 서로 다투고 있었어요. 햇빛이 비치면서 비가 내리는 경우가 있는데, 왕비께서 미소를 지으며 눈물을 흘리시는 모습은 그런 경우와 매우 비슷했으며 그러면서도 더욱 매력적이었지요. 그 풍만한 입술의 행복스런 미소는 두 눈에 어떤 손님이 와 있는지 모르는 것 같았으며, 또한 그

| | 손님이 두 눈에서 떠나가는 모습은 진주가 다이아몬드에서 떨어져 나가는 것만 같았지요. 정말 슬픔처럼 아름답고 희귀한 것은 없다고나 할까요? 누구에게나 슬픔이 그렇게 잘 어울릴 수만 있다면 말이에요. |

켄트   무슨 말씀은 없었나요?

기사   네, 한두 번 "아버님!" 하고 가슴에서 나오는 듯이 숨 가쁘게 부르셨어요. 그리고 우시면서 "언니들, 언니들! 여자의 수치예요! 언니들! 켄트! 아버님! 언니들! 아, 아, 폭풍우 속을? 밤중에? 자비는 이 세상에 없단 말인가!" 하시고는 그 하늘의 별 같은 눈에서 슬픔을 적시던 거룩한 눈물을 떨어내 버리고, 혼자 가서 슬픔을 달래려고 자리에서 일어나셨지요.

켄트   인간의 성질을 좌우하는 것은 별들이야. 하늘의 별들이지. 그렇지 않고서야 한 부부로부터 이렇게 성질이 다른 자식들이 생겨날 리가 없어. 그 후에도 만나 뵌 적이 있나요?

기사   없어요.

켄트   이번에 만나 뵌 것은 프랑스 왕이 귀국하시기 전인가요?

기사   아니에요, 귀국한 다음이지요.

켄트   불쌍하고 비참한 리어 왕은 사실 지금 이 도시에 계시지요. 이따금 정신이 드실 때는 우리가 왜 이 도시에 와 있는지 기억하시지만, 따님과의 대면은 한사코 승낙하시질 않아요.

기사   왜 그러실까요?

켄트   더할 나위 없는 치욕에 압도당하신 거예요. 자신의 무자비함 탓에 부친으로서 축복도 해주지 않은 채 외국으로 추방하여 위험을 겪게 했을 뿐만 아니라, 따님의 중대한 권리를 개같이 잔인한 다른 딸들에게 내어주어 버렸으니까. 이런 일 저런 일로 예리하게 가

	책을 받으시고, 그 때문에 이를 데 없이 창피해서 코델리아님과의 대면을 회피하시지요.
기사	아, 불쌍한 어른!
켄트	올버니와 콘월의 군대에 관해서는 얘기를 못 들었나요?
기사	이미 출진했다고 하더군요.
켄트	그러면 내가 주인님이신 리어 왕에게 안내할 테니까 당신은 그분의 시중을 들어 주세요. 나는 깊은 사연이 있어서 당분간 신분을 감추고 있어야만 해요. 그러나 머지않아 내 신분이 밝혀지면 당신은 이렇게 나와 알게 된 것을 후회하진 않을 거요. 그럼, 자, 같이 갑시다. *(두 사람이 퇴장한다.)*

프랑스군의 진영.

🌺 북치는 군사들과 기수들을 앞세운 채 코델리아가 등장한다. 코델리아의 시의(侍醫)와 군사들이 뒤따라 등장한다.

코델리아	아아, 그건 아버님이에요. 방금 막 만났다는 사람의 얘기에 따르면, 파도가 심한 바다처럼 광란하며 큰 소리로 노래하고, 머리에는 무성한 서양 현호색(玄胡索)이며, 밭이랑에서 자라는 잡초, 들

우엉, 독 홍당근, 쐐기풀, 들 미나리아재비, 들 완두, 그리고 식료가 되는 곡식들 사이에서 무성한 쓸데없는 잡초들을 모아서 관을 만들어 쓰신다는 거예요. 즉시 백 명의 병사들을 동원한 다음 우거진 들판을 샅샅이 뒤져 가지고 찾아내서 내 눈 앞에 모셔오도록 하세요. *(군사 한 명이 퇴장한다.)* 의술의 힘으로 아버님의 실성을 고칠 수는 없을까요? 아버님을 치료해 주는 사람에게는 이 몸이 지니고 있는 패물을 모조리 드리겠어요.

시의 치료 방법은 있어요. 사람의 생명을 양육하는 건 휴식인데 폐하께서는 이 휴식이 부족해요. 수면을 초래하는 약초는 여러 가지가 있으니까 그 힘만 빌리면 고민하는 마음에도 편안한 수면이 찾아

올 수 있지요.

코델리아　이 세상의 고마운 온갖 비약(秘藥)과 아직 세상에 알려지지 않은 모든 특효 약초는 내 눈물에 젖어 자라서 그 착하신 분의 고민을 치유하는 데 도움이 되라! 빨리 찾아와요. 실성하여 분별도 없으시니 스스로 목숨을 버리실지 모르니까요.

전령이 등장한다.

전령　보고 드리겠어요! 잉글랜드 군이 이리로 진격해 오고 있어요.
코델리아　알고 있어요. 응전할 태세도 모두 되어 있고. 아, 그리운 아버님, 이번 출진은 아버님을 위한 거예요. 그래서 프랑스 왕은 울며 애원하는 저를 동정해 주셨어요. 엉뚱한 야심에 차서 거사한 건 아니지요. 다만 자식으로서, 진심으로 연로하신 아버님의 권리를 되찾아 드리자는 것뿐이에요. 얼른 아버님 목소리를 듣고, 뵙고 싶어요! *(모두 퇴장한다.)*

글로스터 백작 성의 어느 방.

리건과 오즈왈드가 등장한다.

리건	그런데 형부의 군대는 출진했어요?
오즈왈드	예, 출진했습니다.
리건	그분 자신도 몸소 나갔나요?
오즈왈드	예, 권유에 못 이겨 겨우 출진하셨어요. 언니 되시는 분이 오히려 더 훌륭한 군인이시더군요.
리건	에드먼드와 형부 사이에 뭔가 대화가 없었나요?
오즈왈드	예, 없었어요.
리건	언니가 에드먼드에게 보내는 편지의 내용은 뭘까요?
오즈왈드	글쎄요, 모르겠군요.
리건	사실 그분은 중대한 일로 여길 급히 떠나셨어요. 글로스터의 눈만 빼어버린 채 목숨을 살려 둔 건 큰 실수였지요. 그는 가는 곳마다 사람들의 마음을 자극하여 그들을 우리의 적으로 만들고 있어요. 에드먼드가 떠난 건 자기 부친의 비참한 꼴을 보다 못해 밤이나 다름없는 목숨도 처치해 버리고 적군의 실력도 정찰하기 위한 것일 테지요.
오즈왈드	저는 이 편지를 들고 그분을 뒤쫓아 가야만 하겠어요.
리건	우리 군대도 내일 출진할 예정이지요. 하루쯤 묵었다 떠나세요. 길이 위험하니까요.
오즈왈드	그렇게는 안 되겠어요. 이 일에 관해서는 제 여주인님의 엄명이 있었거든요.
리건	언니는 왜 에드먼드에게 편지를 써야만 했지요? 용건을 당신에게 구두로 부탁해도 되지 않아요? 아마도 내가 잘 알 수는 없는 어떤 일이겠지. 당신의 호의는 후하게 갚을 테니까 그 편지를 좀 뜯어 보게 해주지 않겠어요?
오즈왈드	그건 좀 말이에요.

리건	다 알고 있어요. 당신의 여주인은 남편을 사랑하지 않아요. 확실히 그래요. 그리고 지난번에 여기 왔을 때도 에드먼드에게 이상야릇한 눈짓을 하고 의미심장한 표정을 지어 보였어요. 누가 모를 줄 알아요? 당신은 우리 언니의 심복이야.
오즈왈드	제가요?
리건	다 알고 말하는 거예요. 당신은 우리 언니의 심복이야. 다 알아요. 그러니까 내가 하는 말을 명심해 둬요. 우리 주인은 죽었어요. 그리고 에드먼드와 나는 약속이 다 되어 있어요. 그분은 당신의 여주인보다는 나하고 결혼하는 것이 더 알맞게 되어 있어요. 이만큼 말하면 다 알겠지. 그분을 만나면 이 물건 좀 전해 주세요. 그리고 당신 여주인이 당신에게서 그런 사정 얘기를 듣게 될 때는 분별을 차리도록 당부해 줘요. 그러면 잘 가요. 만일 그 눈먼 반역자의 거처라도 알아내서 목을 베어오는 사람은 출세는 따 놓은 당상이지.
오즈왈드	제가 그 사람을 만나게 되면 좋겠어요! 그러면 제가 어느 편인가를 보여 줄 수 있을 테니까요.
리건	잘 가요. *(두 사람이 퇴장한다.)*

4막 6장

도버 근처의 시골.

🌿 글로스터 백작의 손을 이끌고 농부 옷차림의 에드거가 등장한다.

글로스터 언제쯤이면 그 언덕 꼭대기에 도달할까?
에드거   지금 그 언덕을 올라가는 중이지요. 자, 이렇게 힘이 들잖아요.
글로스터 내 생각에는 평지 같아.
에드거   지독하게 가파른 비탈길이지요. 들어보세요. 파도 소리가 들리지요?
글로스터 아냐, 아무 소리도 안 들려.
에드거   그러면 눈이 아프니까 다른 감각들마저 못 쓰게 되었겠지요.
글로스터 하긴 그런지도 몰라. 그런데 네 음성이 달라지고 네가 하는 말도 종진보다 더 좋아진 것 같아.
에드거   그건 잘못 아신 거예요. 달라진 거라고는 제가 입고 있는 옷뿐이지요.
글로스터 말씨가 좋아진 것 같아.
에드거   자, 여기예요. 가만히 서 계세요. 저렇게 낮은 곳을 내려다보니 무서워서 눈이 어질어질해요! 중간쯤 되는 공중을 날아다니는 까마귀나 갈가마귀는 크기가 딱정벌레만큼 밖에 안 돼 보이지요. 절벽 중턱에 매달려서 갯미나리를 따고 있는 사람이 있어요. 참으로 위험한 직업도 다 있군요! 그의 몸은 머리 크기만큼 밖에 안 돼 보이

악마 _ F.W. 페어홀트 작

지요. 바닷가 모래밭을 걸어가는 어부들은 모두 생쥐처럼 작게 보여요. 저기 닻을 내리고 있는 큰 배는 새끼 배만하게 보이고, 또 새끼 배는 부표 같아서 눈에 들어오지도 않아요. 밀려오는 파도는 모래밭에 널려 있는 조약돌에 부딪치고 있지만, 여기까지는 그 파도 소리가 들려오지 않아요. 이제 보는 일은 그만두겠어요. 머리가 빙빙 돌고 눈이 아찔해서 거꾸로 곤두박질할 것만 같거든요.

글로스터 네가 서 있는 그곳에 나를 세워라.

에드거 제게 손을 내미세요. 자, 이제 한 발짝만 더 가면 낭떠러지예요. 달 아래 있는 온 천하를 준다 해도 여기서는 위험해서 몸을 곧장 위아래로 뛰어 보지도 못하겠어요.

글로스터 내 손을 놓아라. 자, 돈주머니를 하나 더 주겠어. 이 속에는 가난뱅이가 소유하기에는 과분할 정도의 보석이 들어있어. 요정들과 신들의 도움으로 이것이 너에게 복이 되기를 빈다! 저쪽으로 멀리

	가라. 나에게 작별인사를 하고 물러가는 너의 발걸음 소리가 내 귀에 들리도록 해라.
에드거	그러면 영감님, 안녕히 계세요.
글로스터	참으로 고마워!
에드거	*(방백)* 이분의 절망을 이렇게 우롱하는 건 그걸 고쳐 주려는 거야.
글로스터	*(무릎을 꿇고)* 아, 하늘의 신들이여! 저는 이 세상을 하직하고 이 몸에 닥친 엄청난 고민을 당신들이 보는 앞에서 조용히 떨쳐버리겠어요. 제가 고민을 더 오래 참고 거역하지 못할 당신들의 큰 뜻에 대해 원망하지 않는다 해도, 타다 남은 양초 심지와 마찬가지로 지긋지긋한 나의 남은 목숨은 머지않아 타 없어지게 마련이지요. 에드거가 아직 살아 있다면, 아, 그놈이 행복하게 되기를 빕니다! 이 봐, 그럼, 잘 있어라. *(앞으로 쓰러진다.)*
에드거	그러면 물러가요. 안녕히 계세요. *(방백)* 사람이 목숨을 끊고 싶다고 생각할 때에는 착각 때문에 보배 같은 생명을 실제로 잃은 일이 없지 않아 있지. 아버님은 자기가 생각하던 곳에 실제로 와 있었더라면 지금쯤 생각하는 기능은 사라져 버렸을 테지. *(큰 소리로)* 살아 계신가? 아니면, 돌아가셨나? 여보세요, 노인! 여보세요! 안 들려요? 말을 좀 해보세요! *(방백)* 정말 이대로 돌아가 버리실지 모르겠어. 아니, 살아 계시는군. *(큰 소리로)* 당신은 누구요?
글로스터	저리 가. 나를 죽게 내버려 둬.
에드거	도대체 당신은 거미줄이오, 새털이오, 공기요? 그렇게 여러 길 낭떠러지에서 떨어졌으니 말이에요. 달걀처럼 박살이 났어야 마땅해요. 그런데 당신은 숨을 쉬고 있으며 체중이 있지요. 피를 흘리지도 않고, 말도 하며, 온통 말짱하다고요. 돛대 열 개를 잇는다 해도 당신이 거꾸로 떨어진 높이에는 미치지 못 해요. 당신이 생명

	을 건진 건 기적이에요. 말을 다시 해보세요.
글로스터	도대체 난 떨어진 거냐? 아니면, 떨어지지 않은 거냐?
에드거	이 흰 벽 같은 절벽의 꼭대기에서 떨어졌지요. 저 위를 쳐다보세요. 날카로운 소리로 노래하고 있는 종달새는 너무 멀어서 보이지도 들리지도 않아요. 자, 위를 좀 쳐다보라고요.
글로스터	아, 보고 싶어도 나에게는 눈이 없어. 불행한 놈은 죽음으로 불행을 끝장낼 혜택마저 박탈당했단 말인가? 자살로 폭군의 분노를 골탕 먹여 주고 그의 오만한 의도를 꺾을 수 있던 때에는 그래도 약간의 위안은 있었지.
에드거	부축해 드리지요. 자, 일어서세요. 됐어요. 어때요? 두 다리가 말을 잘 들어요? 서 있을 수 있군요.
글로스터	서 있을 수 있어, 너무나도 잘.
에드거	참으로 기적이군요. 저 절벽 꼭대기에서 당신과 헤어진 건 누구였나요?
글로스터	비참한 거지였지.
에드거	여기 서서 쳐다보니까 그 놈의 두 눈은 두 개의 보름달 같았고 코는 천 개나 되었으며 뿔은 소라같이 꼬여서 파도치는 바다같이 꼬불꼬불한 것 같았어요. 그건 악마였어요. 그러니까 당신은 운이 좋은 노인이지요. 가장 공정한 신들은 인간이 할 수 없는 일들을 해내서 존경을 받는데 그 신들이 노인을 구해 주신 거예요.
글로스터	그리고 보니 생각나는 게 있어. 이제부터는 고민이란 놈이 "충분하다, 충분해!" 하고 소리치고 뻗어 버릴 때까지 꾹 참아야겠어. 네가 말하는 악마가 난 사람인 줄만 알았어. 하긴 그놈이 여러 번 "악마, 악마."라고 했지. 어쨌든 그놈이 나를 저기까지 데려다 주었던 거야.

| 에드거 | 근심걱정은 버리시고 진정하세요. |

🌸 야생초 꽃과 쐐기풀로 관을 만들어 쓴 리어 왕이 등장한다.

에드거	아, 누군가 이리 오고 있어. 정신이 말짱하다면 저런 꼴은 안할 거야.
리어 왕	내가 돈을 위조한다 해도 나를 체포하진 못해. 나는 국왕 자신이니까.
에드거	아, 저 모습을 보니 내 가슴이 터질 것만 같구나!
리어 왕	그 점에서는 타고 난 것이 인위적인 것을 능가하지. 자, 네 착수금을 받아라. 저 놈이 활쏘는 모양은 허수아비 같아. 석 자짜리 활을 쏴 봐! 저거 봐, 생쥐야! 쉬, 쉬, 이 구운 치즈 조각이면 미끼로는 안

성맞춤이야. 자, 이 장갑을 주어라. 내 도전의 표지다. 상대가 거인이라 해도 이쪽의 명분이 정당함을 증명해 보이겠어. 갈색 창을 들고 이리 나와라. 아, 새가 잘 날아가는군. 과녁에 맞았어, 과녁에. 휘웃! 암호를 대라.

에드거	꽃박하.
리어 왕	통과해라.
글로스터	저 음성은 내 귀에 익은 음성이야.
리어 왕	하아! 흰 수염이 난 거너릴이지? 그것들은 개처럼 내게 알랑거리면서, 내 수염은 검은 것이 나 있기도 전인데 희다고 그랬어. 내가 하는 말에는 덮어놓고 "예." 라고 하거나 "아니요." 라고 맞장구를 쳤다고! 하지만 그 "예." 라는 것도, "아니요." 라는 것도 성서의 교리에는 어긋나는 것이었어. 언젠가 비에 흠뻑 젖고, 바람에 이가 덜덜 떨렸을 때, 천둥에게 조용히 하라고 했어도 말을 안 들었어. 그때 나는 그것들의 정체를 냄새 맡았지! 쳇! 그것들은 거짓말쟁이들인 거야. 그것들은 나를 만능이라고 했어. 새빨간 거짓말이지. 나 역시 학질에 걸리지 않고는 못 배기잖아.
글로스터	저 목소리의 특징은 내가 잘 기억하고 있어. 왕이 아닐까?
리어 왕	그렇다. 머리부터 발끝까지 어디로 보나 왕이라고! 내가 노려보면 신하들이 벌벌 떠는 꼴을 보라. 저놈의 목숨은 살려 주지. 네 죄목은 뭐냐? 간통이냐? 죽이지 않겠어. 간통을 했다고 사형에 처한다? 안될 말이지! 굴뚝새도 그 짓을 해. 그리고 조그마한 금파리도 내 눈 앞에서 흘레질을 한다고. 밀통을 마구 시켜야 돼. 실제로 글로스터의 사생아는 엄연한 적출인 내 딸들보다 더 효자가 아니냐! 난장판으로 음란한 짓을 해라! 나는 병사들이 부족해. 저기 선웃음을 치고 있는 부인을 좀 봐라. 그 얼굴로 보아서는 가랑이 사이

라피트와 켄타우루스의 싸움 _ 피에르 디 코시모 작

까지 눈같이 흰 것만 같고 정숙한 체 시치미를 떼며, 정사라는 말만 들어도 고개를 흔들지만, 음란한 짓을 하는 데에는 암내 난 삵고양이나 풀을 실컷 뜯어먹는 말보다도 더 게걸스러워. 저것들은 허리 아래는 말이고 허리 위쪽은 여자의 탈을 쓰고 있는 반인반수(半人半獸)의 괴물이야. 허리띠까지만 신들의 영역이고, 그 아래는 모조리 악마의 차지야. 허리띠 아래 지옥이 있고 거기 암흑이 있어. 거기 또한 유황 구덩이가 있는데 이글이글 불타고 화상을 입고 썩어 문드러져서 악취가 나지. 쳇, 쳇, 쳇! 퉤, 퉤! 이 봐, 약장사, 사향을 한 온스만 가져다 줘. 속이 메스꺼우니까. 자, 돈은 여기 있어.

글로스터 아, 그 손에 키스하게 해주세요!
리어 왕 난 손을 먼저 씻어야겠어. 손에서 시체 냄새가 나니까.
글로스터 아, 조화의 걸작은 파괴되었구나! 이 광대한 우주도 끝내는 허무가 되고 말겠지. 저를 알아보시는지요?

리어 왕	나는 네 눈을 잘 기억하고 있어. 넌 나에게 곁눈질하는 거냐? 어림도 없지. 눈먼 큐피드야, 네가 아무리 음탕한 눈짓을 해도 난 여자에게 반하지는 않아. 이 결투장을 읽어봐. 그 문장 스타일을 똑똑히 봐둬.
글로스터	글자마다 모조리 태양이라 해도 저에게는 한 자도 보이지 않아요.
에드거	(방백) 전해 들었다면 도저히 믿어지지 않겠지만 틀림없는 사실이야. 아, 내 심장이 터질 것만 같아.
리어 왕	읽어보라니까.
글로스터	아니, 껍데기밖에 없는 내 눈구멍으로요?
리어 왕	어허, 그렇단 말이냐? 네 머리에는 눈이 없고 네 주머니에는 돈이 없다고? 네 눈들은 중병에 걸렸고 네 주머니는 빈털터리란 말이군. 그래도 넌 세상 돌아가는 꼴은 볼 수 있을 테지.
글로스터	느낌으로 알아볼 수 있지요.
리어 왕	뭐라고? 그럼 너는 미쳤느냐? 눈이 없더라도 이 세상 돌아가는 것쯤은 볼 수 있어. 귀로 보는 거야. 저길 봐라. 저기 판사가 하찮은 도둑을 야단치고 걸 보라고. 귀로 듣는 거야. 두 사람이 자리를 바꾼다면 어느 쪽이 판사고 어느 쪽이 도둑인지 가려내겠어? 농부의 개가 거지를 향해 짖는 걸 본 적이 있겠지?
글로스터	예, 있지요.
리어 왕	그런데 사람이 개를 피해 달아나지? 그게 권력의 막강한 모습이라는 거야. 개도 관직을 차지하고 있으면 사람이 복종해. 이 봐, 못돼먹은 경찰 놈아, 그 잔인 한 손을 멈춰! 왜 그 창녀를 채찍으로 때리는 거야? 네 잔등에나 채찍질을 하라고. 넌 창녀가 창녀 짓한다고 해서 채찍질하고 있지만, 너야말로 이 계집과 놀아나고 싶어서 욕정에 불타고 있어. 고리대금업자인 판사가 사기꾼을 교수형

에 처하지. 누더기의 뚫어진 구멍으로는 조그마한 죄악도 들여다 보이지만, 대례복이나 털가죽 외투면 모든 것이 감추어지지. 죄악에다 금으로 만든 갑옷을 입히면 법의 날카로운 창도 뚫지 못하고 부러지지. 그것을 누더기로 싸면 난쟁이의 지푸라기로도 뚫리지. 죄 지은 사람은 없어, 한 사람도 없어. 없는 거야. 내가 보증할 테야. 내 얘기 좀 들어 봐. 나는 고소인의 입을 틀어막을 권리를 가지고 있는 사람이야. 넌 유리 눈을 해서 박아라. 그래 가지고 비열한 모사꾼처럼 보이지 않는 것도 보는 척하는 거야. 자, 자, 자, 자! 내 장화를 좀 벗겨 줘. 더 세게, 더! 됐어.

에드거 *(방백)* 이치에 맞는 말과 맞지 않는 말이 뒤섞여 있구나! 광기 속에도 이성이 들어 있구나!

리어 왕 나의 불행을 울어 주겠다면 내 눈을 너에게 주겠어. 나는 너를 잘 알아. 네 이름은 글로스터야. 너도 참아야 해. 우린 울면서 이 세상에 태어났어. 너도 알다시피 우리는 이 세상의 공기를 처음 마실 때 으앙으앙 울어. 네게 일러 줄 테니까 잘 들어 둬라.

글로스터 아, 슬프다!

리어 왕 우리는 태어날 때 바보들만 있는 이 큰 무대에 나온 것이 슬퍼서 우는 거야. 이건 모양이 좋은 모자야. 모자 만드는 천으로 기병대 말들에게 신을 만들어 신겨 주는 건 기막힌 술책이야. 나도 한번 시행해 보겠어. 그리고 이 사위 놈들을 몰래 기습했을 때에는 무조건 사정없이 죽이는 거야. 죽여라, 죽여! 죽여라, 죽여! 죽여라, 죽여!

❧ *기사가 시종들을 데리고 등장한다.*

기사	아, 여기 계신다! 붙들어라. 폐하, 공주님께서 말이에요.
리어 왕	구출해 주는 사람도 없느냐? 아니, 포로가 됐어? 나는 운명의 장난감으로 태어났군. 몸값은 치를 테니까 나를 잘 대우해라. 외과 의사들을 불러와. 미칠 듯이 머리가 아프거든.
기사	뭐든지 분부대로 하겠어요.
리어 왕	아무도 구출하러 안 오느냐? 나 혼자뿐이냐? 그러면 난 울보 놈이 되지. 사람의 눈을 뜰의 물뿌리개의 대용품으로 삼자는 거야. 음, 가을날에 먼지가 피어나지 않게 말이야. 나는 말쑥한 새신랑처럼 화려한 옷차림으로 죽을 테야. 뭐라고? 난 유쾌해질 거야. 이 봐, 이 봐, 나는 국왕이야. 너희들은 아느냐?
기사	네, 국왕이시지요. 분부대로 하겠어요.
리어 왕	그러면 나는 아직 살아 있는 거야. 자, 잡을 테면 잡아 봐. 달려 와서 잡아 보라고. 자, 자, 자. *(리어 왕이 뛰어서 퇴장하고 시종들도 뒤따라 퇴장한다.)*
기사	가장 비천한 사람도 저렇게 되면 불쌍한데, 국왕이 저렇게 되다니 말도 안 돼! 두 딸은 인류 전체에 저주를 초래했지만 다행히도 다른 한 분의 따님은 그 저주를 막아주었어.
에드거	여보세요. 안녕하세요?
기사	안녕하세요? 그런데 무슨 일이지요?
에드거	혹시 전투가 벌어진다는 소식은 못 들었나요?
기사	그건 틀림없는 일이지요. 누구나 다 알고 있으니까. 귀가 있는 사람이면 다 듣고 있다고요.
에드거	하지만 좀 가르쳐 주세요. 저쪽 군대는 어디까지 다가와 있나요?
기사	바싹 다가와 있어요. 더구나 급속도로 접근해요. 그리고 주력 부대의 출현도 임박했지요.

에드거: 손을 내미세요.
쉴 곳으로 안내해 드리겠어요.

에드거	고마워요. 그것만 알았으면 됐어요.
기사	특별한 이유 때문에 왕비께서는 여기 머물러 계시지만 왕비 휘하의 군대는 출동해 있지요.
에드거	고마워요. *(기사가 퇴장한다.)*
글로스터	언제나 자비로운 신들이여, 제발 뜻하실 때에 이 목숨을 거두어 가 주십시오. 이제는 사악한 근성 때문에 당신들의 허락도 없이 스스로 목숨을 끊을 생각을 다시는 하지 않도록 지켜 주십시오.
에드거	아저씨, 잘 기도하셨어요.
글로스터	넌 누구냐?
에드거	전혀 쓸데없는 사람이지요. 운명의 매질에 온갖 뼈아픈 슬픔을 경험해 왔기 때문에 남의 불행에 대해서도 동정을 잘 하지요. 손을

	내미세요. 쉴 곳으로 안내해 드리겠어요.
글로스터	진심으로 고마워. 하느님의 은총과 축복이 더욱 너에게 내리기를 빌어.

오즈왈드가 등장한다.

오즈왈드	현상금이 걸린 수배자로구나! 재수 좋다! 눈이 없는 네 머리는 원래 나의 출세를 위해서 만들어진 거야. 이 불행한 늙은 반역자야. *(칼을 뺀다.)* 빨리 네 죄를 반성하고 죽음을 각오해라. 나는 이미 칼을 뺐어. 네 목숨은 내 거야.
글로스터	기쁘게 제공하겠어. 자, 잔뜩 힘을 주어 찔러라. *(오즈왈드가 찌르려고 할 때 에드거가 막는다.)*
오즈왈드	무례한 농부 놈아, 반역자로 공포된 놈을 뭣 때문에 옹호하려 드는 거냐? 비켜라. 비키지 않으면 그 놈의 불운에 너도 같이 말려들어. 그 놈의 팔을 놓아라.
에드거	못 놓겠어. 다른 이유가 더 없다면 말이야.
오즈왈드	놓아라, 이 노예 놈아. 놓지 않으면 네 목숨은 없어.
에드거	이 봐, 넌 자기 갈 길이나 가고 불쌍한 사람들에게는 참견하지 말라고. 위협 따위로 내가 뻗는다면 나는 벌써 두 주일 전에 없어졌을 거야. 안 돼. 이 노인 옆에는 못 와. 비켜. 비키라니까. 안 비키겠다면 시험을 해보자. 네 대갈통과 내 몸뚱이 중에 어느 게 더 단단한가 말이야. 난 거짓말은 안 해.
오즈왈드	뭐라구? 쓰레기 더미에서 태어난 놈아! *(두 사람이 싸운다.)*
에드거	그러면 네 앞니를 가만 두지 않겠어. 자, 덤벼 봐. 너의 최신식 검술 따위는 문제될 게 없어. *(에드거가 오즈왈드를 때려눕힌다.)*

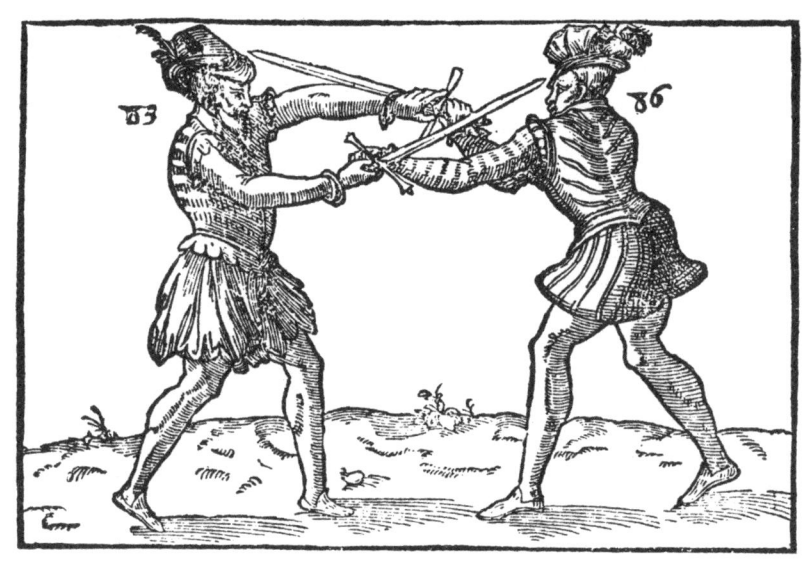

오스왈드 : 노예 놈아, 네 놈 손에 내가 죽는다. _ 16세기 판화

오즈왈드   노예 놈아, 네 놈 손에 내가 죽어. 임마, 이 돈 주머니를 받아 둬. 앞으로 잘되고 싶다면 내 시체를 묻어 줘. 그리고 내 주머니 속에 있는 편지를 글로스터 백작인 에드먼드에게 전해 줘. 영국군 진영에 가서 찾으면 알아. 아! 때 아닌 죽음을 당하다니! *(죽는다.)*

에드거   나는 너를 잘 알아. 악인이면서 충성을 다한 놈이었지. 네 여주인의 나쁜 짓에 대해 악인이 바랄 수 있는 최상급의 충성을 다한 놈이었다고.

글로스터   아니, 그놈이 죽었느냐?

에드거   아저씨, 거기 앉아서 쉬세요. 이놈의 호주머니를 뒤져봐야겠어요. 그 편지라는 게 우리에게 도움이 될지도 모르니까요. 저놈은 죽었어요. 다만 사형 집행관의 손에 죽게 하지 못한 것이 유감이지요. 그러면 봉인을 부수고 편지를 보자. 예절도 외면하자. 원수들의 속셈을 알기 위해 우린 그들의 가슴마저 갈라버리는 판에 편지를 뜯어보는 건 아무것도 아니지. *(편지를 읽는다.)*
'우리가 서로 맹세한 것을 잊지 말아 주세요. 그 사람을 없애버릴 기회는 얼마든지 있어요. 당신의 결심 하나로 시기와 장소는 충분히 마련될 거예요. 만일 그 사람이 승리하여 개선한다면 모두 수포로 돌아가요. 그리고 나는 죄수가 되고, 그 사람과 함께 하는 잠자리는 나의 감옥이 되지요. 그 숨 막히는 잠자리에서 저를 구출해내시고, 그 수고의 대가로 그 자리에 대신 들어서세요. 당신을 남편으로 그리워하는 거너릴.'
아, 여자의 욕정은 한이 없구나! 저 덕망 높은 남편의 목숨을 빼앗고, 내 동생과 바꿔치기 하자는 흉계구나! 남의 목숨을 노린 음란한 것들의 더러운 심부름꾼아, 여기 모래 속에 너를 묻어 주겠어. 그리고 시기를 기다려서 이 흉측한 편지를 내보이고 살해될 뻔한 공작을 깜짝 놀라게 해드려야지. 그분에게는 다행이야. 너의 최후의 꼬락서니와 너의 임무를 내가 이야기할 수 있게 되었으니 말이야.

글로스터 임금님은 실성하셨어. 그런데 하찮은 내 목숨은 얼마나 질긴 것이기에 나는 이렇게 버티며 엄청난 슬픔을 뼈저리게 느끼기만 할까? 차라리 미치기라도 했으면 좋겠어. 그렇게 되면 슬픔도 생각하지 않게 되고, 마음의 착란으로 온갖 불행도 느끼지 못할 거야. *(먼 곳에서 북소리.)*

에드거 손을 붙들어 드리겠어요. 멀리서 북소리가 들려와요. 자, 아저씨, 당신 친구를 찾아가서 보호를 부탁해 보자고요. *(두 사람이 퇴장한다.)*

4막 7장

프랑스 진영 안의 천막.

🌸 코델리아, 켄트 백작, 시의, 기사가 등장한다. 켄트 백작은 여전히 변장하고 있다.

코델리아   아, 켄트 백작, 나는 얼마나 오래 살아서 노력해야 백작의 충성에 보답할 수 있을까요? 그러기에는 내 일생이 너무 짧고 또 어떠한 방법으로도 부족할 거예요.

켄트   그렇게 알아주시는 것만으로도 과분한 보수지요. 아까 말씀드린 것은 사실 그대로지요. 한 마디도 보태거나 줄이지 않은 사실 그대로라고요.

코델리아   그 옷을 갈아입으세요. 그 옷은 이때까지의 불행의 표지예요. 제발 그 옷을 벗어버리세요.

잠자는 리어왕을 바라보는 코델리아 _ 포드 M. 브라운 작

켄트   죄송해요. 지금 저의 정체가 드러나면 모든 계획이 물거품이 되요. 적절한 시기가 올 때까지 저를 아는 척하지도 마세요. 부탁이에요.

코델리아   그럼, 그렇게 하겠어요. *(시의에게)* 임금님의 용태는?

시의   그대로 주무시고 계시지요.

켄트   오, 인자한 신들이요, 학대받은 마음의 큰 상처를 치료해 주십시오! 자식들의 불효 때문에 헝클어지고 장단이 맞지 않는 아버님의 마음의 줄을 제발 다시 조여 주십시오!

시의   폐하를 깨워도 될까요? 오랫동안 주무셨거든요.

코델리아   당신의 판단에 일임해요. 좋다고 생각하는 대로 하세요. 옷은 갈아 입혔나요?

시의   예, 곤하게 주무시는 사이에 새 옷을 갈아입혀 드렸지요.

기사	우리가 폐하를 깨울 때 왕비께서는 바싹 곁에 계셔 주세요. 틀림없이 제 정신을 회복하실 거예요.
코델리아	네, 그렇게 하겠어요.

❧ *의자에 앉아 있는 리어 왕을 시종들이 받들고 나온다. 조용히 음악이 연주된다.*

시의	더 가까이 오세요. 음악을 더 크게!
코델리아	아, 사랑하는 아버님! 저의 입술에 아버님을 회복시키는 묘약이 있어서 두 언니가 아버님의 존귀한 몸에 입힌 극심한 상처가 이 키스로 치유되었으면 해요.
켄트	착하시고 효성이 지극하신 공주님!
코델리아	아버님이 비록 그들의 아버지가 아니었다 해도 이 백발은 그들에게 동정심을 자극했을 게야. 이것이 모진 비바람과 맞서서 싸워야 했던 얼굴이었나요? 그리고 천지를 뒤흔들며 무섭게 벼락을 치는 천둥에게 대항하셨지요? 더욱이 날쌔게 하늘을 가로지르는 번갯불이 하늘을 찢으며 번뜩이는 가운데서요? 한잠도 못 주무시고, 필사적인 척후병처럼 이렇게 맨머리로? 원수의 개가 나를 물어뜯는다 해도 그런 밤이면 나는 그 개를 난로 곁에 두었을 게야. 그런데 가엾게도 아버님은 돼지나 떠돌아다니는 자들과 함께 곰팡이 내 나는 짧은 지푸라기 더미에 누운 채 움막에서 용케 주무셨다고요? 아아, 아아! 목숨과 정신이 단번에 끊어지지 않은 게 기적이에요. 잠이 깨셨어요. 말을 걸어 보세요.
시의	왕비께서 말을 거시는 게 제일 좋겠군요.
코델리아	폐하, 어떠신가요? 폐하, 기분이 어떠신지요?

리어 왕 : 당신은 천상의 영혼이야. _ 조지 롬니 작

리어 왕 무덤 속에서 나를 끌어내는 건 실례야. 당신은 천상의 영혼이야. 하지만 나는 지옥의 불타는 바퀴에 묶여 있기 때문에 내 눈물은 녹은 납처럼 화상을 입히지.

코델리아 폐하, 저를 알아보시겠어요?

리어 왕 당신은 망령이야. 언제 죽었느냐?

코델리아 아직도, 아직도 착란이 심하시군요!

시의 잠이 아직 덜 깨신 거예요. 잠시 내버려 두세요.

리어 왕 나는 여태껏 어디 있었지? 여기는 어딘가? 햇빛이 비치는가? 나는 기막히게 속았어. 남이 이런 꼴을 당하는 걸 내가 본다면 불쌍해서 견딜 수 없을 거야. 뭐라고 말해야 좋을지 모르겠어. 이건 내 손인가? 정말로 내 손인가? 어디 바늘로 찔러 보자. 아프다, 아파. 지금 내가 어떤 처지인지 확실히 알고 싶구나!

코델리아	*(무릎을 꿇고)* 아, 저를 좀 보세요. 그 손을 들어 저를 축복해 주세요. *(왕이 무릎을 꿇으려고 하는 것을 보고)* 아니에요. 아버님, 무릎을 꿇으시면 안 돼요.
리어 왕	제발, 나를 놀리지 마. 나는 어리석은 바보 늙은이야. 이제 갓 팔십 고개를 넘었는데, 한 시간도 더하지 않고 덜하지도 않아. 그리고 정직히 말해서 나는 정신이 성하진 않은 것 같아. 당신이나 이분을 나는 알 것 같은데 확실치가 않아. 글쎄, 여기가 어딘지 전혀 모르겠어. 그리고 아무리 돌이켜 생각해 봐도 이 옷은 기억에 없고, 어젯밤 어디서 잤는지도 생각이 나질 않아. 비웃을지도 모르지만, 이 부인은 꼭 내 딸 코델리아처럼 여겨지는군, 그래.
코델리아	그래요. 정말 그렇다고요.
리어 왕	너는 눈물을 흘리고 있느냐? 그래, 눈물이야. 제발 울지 마라. 네가 독약을 준다고 해도 나는 마시겠어. 넌 나를 원망하고 있을 게

리어 왕 : 비웃을지도 모르지만, 이 부인은
꼭 내 딸 코델리아처럼 여겨지는군, 그래.

	야. 내 기억에 의하면 너의 언니들은 나를 학대했어. 너에겐 그럴 만한 이유가 있지. 그러나 그들에게는 그럴 이유가 없어.
코델리아	없어요. 저에게도 아무런 이유가 없어요.
리어 왕	나는 프랑스에 와 있느냐?
켄트	폐하의 영토 안에 계시지요.
리어 왕	속이지 마라.
시의	왕비 전하, 안심하세요. 보시는 바와 같이 심한 정신 착란은 진정되었거든요. 하지만 지금까지 낭비하신 기간에 일어난 일들이 기억에 되살아나게 하는 건 위험하지요. 안으로 모십시다. 그리고 좀 더 진정되실 때까지는 괴롭게 해드리지 마십시다.
코델리아	안으로 들어가지 않으시겠어요?
리어 왕	너는 나를 제발 용서해 줘야겠어. 이제 모든 걸 잊어버리고 용서

	해라. 나는 늙어서 바보가 되었으니까. *(켄트 백작과 기사만 남고 모두 퇴장한다.)*
기사	콘월 공작이 피살되었다는데 사실인가요?
켄트	확실한 사실이지요.
기사	그러면 그의 군대의 지도자는 누구지요?
켄트	소문에는 글로스터 백작의 서자라고 하더군요.
기사	글로스터 백작의 추방당한 아들 에드거는 켄트 백작과 함께 독일에 있다는 소문이던데요.
켄트	소문이란 믿을 수가 없는 거지요. 그런데 경계해야 할 때가 되었어요. 영국군이 급속도로 진격해 오고 있거든요.
기사	이번 결전은 피비린내 나는 혈전이 되겠군요. 그럼 안녕히 계세요. *(기사가 퇴장한다.)*
켄트	오늘 전투의 성공 여부에 따라 나의 최종 목적은 좌우간 결판이 날 게야. *(켄트 백작이 퇴장한다.)*

5막 1장

도버 근처의 영국군 진영.

🍀 북치는 군사들과 기수들을 선두로 에드먼드, 리건, 장교들, 병사들이 등장한다.

에드먼드	*(한 장교에게)* 공작에게 가서 알아보고 와라. 얼마 전에 내리신 결정에 변경이 없는지, 아니면 그 후 형편상 방침이 변경되었는지 말이야. 공작은 변덕이 심하시고 스스로 양심의 가책을 받고 계시거든. 그러니까 그분의 확실한 의도를 알아오라는 게야. *(장교가 퇴장한다.)*
리건	언니의 그 하인은 분명히 살해된 모양이에요.
에드먼드	그런지도 모르겠군요.
리건	그런데 이거 보세요. 내가 당신에게 호의를 품고 있다는 건 아시지요? 하지만 말씀해 보세요. 사실대로, 하여간 사실대로 말씀해 보세요. 당신은 언니를 사랑하고 계시는 게 아닌가요?
에드먼드	나로서는 공명정대한 사랑밖에는 없어요.
리건	하지만 당신은 형부밖에는 들어가지 못하는 장소까지 들어가 보시지 않았어요?
에드먼드	그건 부당한 말씀이군요.
리건	하지만 당신은 언니하고는 늘 같이 있으며 포옹도 하고, 벌써 부부가 다 된 게 아닌가요?
에드먼드	나의 명예에 걸고 맹세하지만 절대로 그렇지 않아요.
리건	난 언니도 가만 두지 않을 테야. 이거 보세요. 당신은 언니하고 가까이 하지 말아요.
에드먼드	염려 말아요. 당신 언니와 그녀의 남편인 공작이 오신다고요!

※ 북치는 군사들과 기수들을 앞세우고 올버니 공작, 거너릴, 병사들이 등장한다.

거너릴	*(방백)* 동생이 나와 그분 사이를 갈라놓게 하는 것보다는 차라리

	전쟁에 지는 편이 더 나을 거야.
올버니	사랑하는 처제, 만나서 반갑군요! *(에드먼드에게)* 그런데 들리는 바로는 국왕이 막내딸에게 갔으며, 우리의 통치를 원망하는 일당도 따라갔다고 하더군. 나는 공명정대하지 않은 경우에는 용감해질 수 없는 사람이야. 그런데 이번 일은 프랑스 왕이 우리나라를 침략하려는 것이지, 리어 왕과 그 일당을 원조하려는 게 아니기 때문에 우리는 절대로 간과할 수가 없어. 하긴 리어 왕과 그 일당은 중대하고 정당한 이유가 있어서 우리에게 대항하는 것일 테지.
에드먼드	지당한 말씀이시군요.
리건	그런 말씀은 새삼스럽게 왜 하시지요?
거너릴	우린 힘을 합해서 적을 무찌르자고요. 집안끼리의 사사로운 시비는 여기서 문제 삼을 게 못 되요.
올버니	그러면 노련한 장교들과 작전 계획을 세우기로 합시다.
에드먼드	저는 공작님의 천막에 곧 가겠어요.
리건	언니는 나하고 같이 가요.
거너릴	싫어.
리건	그래야만 되겠으니까 나하고 같이 가요.
거너릴	*(방백)* 아하! 그 속셈은 나도 알아. 그럼 같이 가겠어.

　　🌸 모두 퇴장하려고 할 때, 변장한 에드거가 등장한다.

에드거	공작님께서 이렇게 비천한 사람을 면담해주신다면 제가 한 말씀 드리지요.
올버니	*(앞에 가는 사람들에게)* 난 곧 뒤따라 가겠어. 말해봐라. *(올버니 공작과 에드거만 남고 모두 퇴장한다.)*

에드거	*(편지를 준다.)* 전투가 시작되기 전에 이 편지를 열어 보세요. 만일 공작님께서 승리를 거두신다면, 나팔을 불게 해서 이 편지를 가져온 저를 불러내 주세요. 비천한 사람으로 보이겠지만, 저는 이 편지에 씌어 있는 것이 거짓이 아니라는 것을 어떤 상대하고라도 칼로 증명해 보이지요. 그러나 만일 당신이 패전하여 전사하신다면, 속세의 번거로움도 끝장나고, 따라서 음모도 사라지고 말겠지요. 행운을 빌어요!
올버니	그러면 읽어보겠으니 기다려라.
에드거	그럴 수는 없어요. 시기가 왔을 때 전령에게 저를 불러내게만 하세요. 저는 그때 다시 나타나겠어요.
올버니	그러면 잘 가라. 편지는 잘 읽어 보겠어. *(에드거가 퇴장한다.)*

🌸 *에드먼드가 등장한다.*

에드먼드	적군이 나타났어. 단단히 대비하세요. 성실한 척후병들이 정찰한 적의 병력과 군비에 관한 보고서가 여기 있어요. *(서류를 내민다.)* 그러나 빨리 대비하셔야 되겠어요.
올버니	곧 대응하겠어. *(올버니 공작이 퇴장한다.)*
에드먼드	나는 언니에게도 동생에게도 부부가 될 약속을 해놓았지. 자매가 서로 경계하는 꼴은 독사한테 물린 적이 있는 사람이 독사를 경계하는 꼴과 같아. 어느 쪽을 선택할까? 양쪽 다? 한쪽만? 아니면, 양쪽 다 그만둘까? 양쪽 다 살아남는다면 어느 한쪽도 내가 차지해서 향유할 수는 없어. 과부 쪽을 선택하면 언니 거너릴이 환장해서 미치게 될 거야. 그렇다고 그녀의 남편이 살아 있는 경우에는 나에게 승산은 거의 없지. 어쨌든 전쟁에서는 그 남편의 위력을

이용해야겠어. 그러나 전쟁이 끝난 뒤에는 남편을 방해물로 알고 있는 그 여자가 곧 남편을 치워 버리도록 해야지. 그 사람은 리어 왕과 코델리아에게 자비를 베풀 계획인 모양이지만, 전쟁이 끝나고 부녀가 우리 쪽 포로가 됐을 때에는 그가 사면(赦免)을 하게 가만히 내버려두지는 않을 테야. 지금 내 입장으로는 이치를 따지고 있을 게 아니라 나 자신을 옹호하는 것이 중요해. *(에드먼드가 퇴장한다.)*

양쪽 군대의 진영 사이의 평야.

❧ 무기를 들라고 알리는 나팔 소리가 안에서 들려온다. 프랑스 군이 등장한다. 코델리아가 리어 왕의 손을 끌고 등장하여 무대를 가로질러서 퇴장한다.

❧ 에드거가 글로스터 백작의 손을 잡아 이끌고 등장한다.

에드거　자, 아저씨, 여기 이 나무 그늘에서 쉬고 계세요. 그리고 정당한 편이 이기도록 기도하세요. 제가 만일 무사히 돌아온다면 기쁜 소식을 가지고 오겠어요.

글로스터   너에게 신의 가호가 있기를 빈다! *(에드거가 퇴장한다.)*

🌸 무기를 들라고 알리는 나팔 소리와 후퇴를 알리는 나팔 소리가 안에서 들려온다.

🌸 에드거가 등장한다.

에드거   아저씨, 도망치세요! 손을 내미세요! 도망치라니까요! 리어 왕은 싸움에 지고, 왕과 함께 공주님은 포로가 됐어요. 손을 내미세요. 이리 오세요.

글로스터   이젠 더 안 가겠어. 여기서도 썩어 없어질 수 있어.

에드거   아니, 또 나쁜 생각을 하나요? 사람은 태어날 때와 마찬가지로 이

	세상을 하직할 때도 참고 기다려야만 하지요. 무엇보다도 때가 익는 것이 중요해요. 자, 가자고요.
글로스터	하긴 그래. (두 사람이 퇴장한다.)

도버 근처의 영국군 진영. 승리를 한 에드먼드가 북치는 군사들과 기수들을 선두로 등장한다. 포로가 된 리어 왕과 코델리아가 등장한다. 부대장과 병사들이 등장한다.

에드먼드	장교 몇 명은 포로들을 끌고 가라. 처분할 권리를 가진 상부의 명령이 있을 때까지 엄중히 감시하라.
코델리아	최선을 다하고도 최악의 결과를 초래한 경우는 우리가 처음은 아니에요. 하지만 국왕이신 아버님의 고생을 생각하면 저는 기가 꺾이지요. 저 혼자라면 믿지 못할 운명의 여신의 찡그린 얼굴쯤 노려봐 줄 수도 있어요. 아버님의 저 딸들, 언니들을 한번 만나 보시지 않겠어요?
리어 왕	아니야, 아니야, 아니야! 자, 감옥으로 가자. 둘이서만 조롱 속의 새처럼 노래를 부르자. 네가 나보고 축복을 해달라고 하면 나는 무릎을 꿇고 네게 용서를 빌 테야. 우리는 그렇게 나날을 보내며, 기도하고, 노래하고, 옛날이야기를 하며, 금빛 나비들을 보고 웃

리어 왕 : 코델리아, 자, 감옥으로 가자. _ 토머스 스토타드 작

고, 불쌍한 놈들이 얘기하는 궁중의 소문을 듣자. 그리고 그들을 상대해 주면서 누가 실각하고 누가 득세했으며, 누가 등용되고 누가 쫓겨났는지 그놈들하고 얘기하자. 또한 우리가 마치 신의 스파이라도 되는 듯이 세상에서 일어나는 불가사의를 아는 척하는가 하면, 달과 더불어 차고 기우는 세력가들의 이합집산을 벽으로 둘러싸인 감옥 안에서 조용히 바라보며 지내자.

에드먼드   저 포로 둘을 데리고 나가라.
리어 왕   코델리아, 이와 같은 희생에 대해서는 신들 자신이 향을 피워줄 게야. 나는 너를 붙잡고 있느냐? 우리를 떼어놓으려고 하는 놈은 하늘에서 횃불을 가지고 와서 우리를 여우처럼 그슬려 대야만 할 게야. 네 눈물을 닦아라. 저놈들이 염병에 걸려서 살과 껍질이 썩어 물크러지기 전에는 우리는 울지 말아야지. 저놈들이 먼저 굶어 죽는 꼴을 우리는 봐야겠어. 자, 가자. *(리어 왕과 코델리아가 감시병들에게 둘러싸여 퇴장한다.)*

에드먼드 부대장, 이리 와서 내 지시를 받아라. 이 서류를 가지고 저 두 사람의 뒤를 따라 감옥에 가라. *(서류를 준다.)* 나는 네 계급을 이미 하나 올려주었지. 이번에 그 서류에 적힌 지시를 그대로 집행한다면 네 앞날은 확 트일 게야. 이건 명심해라. 사람은 시세에 순응해야만 한다는 걸 말이야. 인정이 많은 건 칼을 찬 군인에게 어울리지 않아. 너의 중대한 임무는 왈가왈부를 허용하지 않아. 그러면 수락하겠느냐? 아니면 다른 길을 선택해서 출세하겠느냐?

부대장 명령대로 하겠어요.

에드먼드 그러면 곧 착수해라. 그리고 끝나면 행복하다고 생각해라. 알았느냐? 곧 착수하고, 내가 그 서류에 적은 대로 처리하란 말이야.

부대장 저는 말처럼 짐수레를 끌 수도 없고 말린 귀리를 먹을 수도 없지요. 그러나 사람이 하는 일이라면 그걸 하겠어요. *(부대장이 퇴장한다.)*

🎺 *나팔 소리. 올버니 공작, 거너릴, 리건, 병사들이 등장한다.*

올버니 *(에드먼드에게)* 너는 오늘 자신의 용맹한 혈통을 분명히 증명했어. 그리고 행운도 너를 많이 밀어주었지. 또한 오늘의 격전의 목표인 두 사람을 너가 포로로 잡은 건 대단한 공적이야. 그 두 사람에 관해서는 그들이 받을 당연한 보복과 우리의 안전을 동시에 고려하여 공정하게 처분이 결정되었다고 여겨지도록 처리하라.

에드먼드 저 비참한 늙은 왕을 어느 적절한 곳에 유폐하여 감시인을 붙여두는 것이 적당하다고 생각했지요. 그 고령에 매력이 있고 그 신

투옥된 리어왕과 코델리아 - 윌리엄 블레이크 작

분에는 더욱 매력이 있기 때문에 어리석은 백성들은 동정하고 우리가 징집한 병사들까지도 그 창을 지휘관인 우리의 눈으로 돌릴까 우려되었지요. 프랑스 왕비도 함께 유폐해 두었는데 이유는 똑같아요. 그리고 내일이나 그 이후에나 법정에서 호출할 때에는 그들이 언제는지 줄두하도록 해놓았지요. 그러나 우리는 지금 땀과 피에 젖어 있어요. 친구는 친구를 잃었지요. 전쟁의 가혹함을 느끼는 사람들은 그 전쟁을 저주하게 마련이지요. 코델리아와 그 부친의 문제는 다른 곳에서 논의하는 게 옳을 것 같군요.

올버니　미안하지만 나는 이번 전쟁에서 너를 부하로 생각하고 있을 뿐이지 형제로는 생각하지 않아.

리건　그 자격은 제가 이분에게 부여하고 싶었던 거예요. 그 말을 하시기 전에 제 의견을 물어 봤어야 옳다고 생각해요. 이분은 저의 군대를 지휘했고 저의 지위와 신분을 위임받았어요. 저하고는 이만

한 사이니까 당연히 이분은 당신과 형제와 같은 처지라고 할 수 있어요.

거너릴 그렇게 흥분하지 마라! 너한테 자격을 받지 않아도 저분은 자기 자신의 가치로 높은 지위에 올라 갈 분이야.

리건 저분은 내가 부여한 권리를 행사하니까 제후들과 대등해요.

올버니 하긴 그렇게 되겠지. 그가 당신 남편이 된다면 말이야.

리건 농담이 진담이 되는지 누가 알아요?

거너릴 저거 봐! 그런 소리를 하는 사람의 눈은 역시 사팔뜨기야.

리건 언니, 지금 나는 몸이 몹시 아파서 가만히 있지만, 그렇지만 않았더라면 성을 버럭 내고 대들었을 거예요. *(에드먼드에게)* 장군, 나는 당신에게 나의 군대와 포로들과 세습 재산을 모두 넘기겠어요. 당신 마음대로 처리하세요. 그리고 이 몸도 말이에요. 이 몸은 당신 거예요. 저는 이 자리에서 당신을 나의 남편, 나의 주인으로 선언해요.

거너릴 그렇게 네 맘대로 될 줄 알아?

올버니 *(거너릴에게)* 그걸 막는 건 당신 마음대로 안 될 거야.

에드먼드 *(올버니 공작에게)* 당신 마음대로도 안 될 거요.

올버니 사생아 놈아, 그건 얼빠진 수작이야.

리건 *(에드먼드에게)* 북을 울리게 하여 저의 자격이 당신의 것이 되었다는 걸 증명하세요.

올버니 잠깐만 기다려라. 얘기할 게 있으니까. 에드먼드, 나는 너를 대역죄로 체포한다. 너를 체포함과 동시에 이 금빛의 독사 거너릴도 체포한다. 어여쁜 리건, 당신의 요구에 대해서는 아내를 대신하여 내가 반대하지. 내 아내는 이 귀족과 이미 중혼 약속이 되어 있으니까. 그러니 그녀의 남편으로서 나는 당신의 혼담에 대해 이의를

	제기하는 거요. 남편이 필요하다면 차라리 내게 구혼하라고. 내 아내는 이미 약혼이 되어 있으니까.
거너릴	이건 한 편의 막간극이구나!
올버니	글로스터, 넌 아직도 무장은 하고 있군 그래. 나팔을 불게 하라. 네가 범한 흉악하고 명백한 수많은 반역죄를 증명하려고 너에게 결투를 신청할 사람이 나타나지 않는다면 내가 상대하겠어! *(장갑을 땅에 던지며)* 너의 범죄가 지금 내가 선언한 것 그 이상이라고 나는 네 염통을 도려내서 증명해 보일 테야. 그러기 전에는 나는 빵조차도 입에 대지 않을 테야.
리건	*(고통스럽게)* 가슴이 아파!
거너릴	*(방백)* 그렇지 않다면, 난 약효도 결코 믿을 수 없지.
에드먼드	그 대답은 이거야! *(장갑을 던진다.)* 나를 반역자라고 부르는 놈은 대체 어떤 놈인지 모르겠지만, 악당처럼 거짓말하는 놈이지. 나팔을 불어서 불러내라. 나타나는 놈이 누구든지 나는 상대를 가리지 않겠어. 나의 결백과 체면을 확보할 테야.
올버니	이 봐, 전령!
에드먼드	전령, 이 봐, 전령!
올버니	너 자신의 용기만 믿어라. 내 명의로 소집된 너의 부하 장병들은 내 명의로 모두 해산됐으니까.
리건	아이고, 점점 더 아파!
올버니	환자가 생겼군. 내 천막으로 데리고 가라. *(리건이 부축을 받으며 퇴장한다.)*

🌺 *전령이 등장한다.*

칼싸움 _ 16세기 판화

올버니	전령, 이리 와. 나팔을 불게 하라. 이것을 읽어라. *(나팔 소리.)*
전령	*(읽는다.)* '우리 군대 내에서 신분과 지위가 있는 사람이 글로스터 백작이라고 자칭하는 에드먼드에 대해 그자가 온갖 중대한 범죄를 저지른 반역자라는 것을 결투로 증명할 수 있다고 한다면, 세 번째 나팔 소리가 날 때까지 출두하라. 에드먼드는 칼을 가지고 반증하겠다고 한다.' *(첫째 나팔 소리.)* 또 불어라! *(둘째 나팔 소리.)* 또 불어라! *(셋째 나팔 소리. 안에서 대답하는 나팔 소리.)*

🌿 무장한 에드거가 등장한다.

올버니	그가 왜 나팔 소리에 응하여 나타났는지 물어 보라.
전령	당신은 누구요? 성명을 대세요. 신분을 밝히세요. 그리고 무슨 이유로 이 부름에 응답을 했지요?
에드거	이름은 없어요. 반역자의 이빨에 물어뜯기고 벌레에 파 먹히고 말았으니까. 하지만 바탕은 여기 칼을 맞대고 싸우려는 상대에 못지 않은 귀족 출신이지요.

올버니	그 상대란 누구냐?
에드거	글로스터 백작 에드먼드라는 자가 누구냐?
에드먼드	바로 나야. 할 말이 뭐냐?
에드거	칼을 빼라. 내 말이 귀족인 너의 비위에 맞지 않는다면 칼을 가지고 정의를 증명해 봐. 나는 칼을 빼겠어. *(칼을 뺀다.)* 굳은 맹세로 명에 있는 기사가 된 특권을 가지고 나는 너의 면전에서 단언하지. 너의 힘과 지위, 젊음과 요직에도 불구하고, 또한 너의 승리와 지금의 득세와 용기와 담력에도 불구하고 네놈은 반역자야. 네놈은 신들과 너의 형과 아버지를 배반했고 여기 이 탁월하신 공작의 목숨을 노렸어. 머리끝에서 발바닥의 먼지에 이르기까지 두꺼비같이 더러운 반역자야. 네가 그걸 부정한다면, 내 칼, 내 팔, 내 용기가 네 심장을 도려내서 사실을 증명해 보이겠어. 그리고 네 심장을 향해 나는 말하지. 너는 거짓말쟁이라고 말이야.
에드먼드	내가 신중하다면 마땅히 네 성명을 물어봐야겠지만, 보아하니 넌 의젓하고 용감하며, 말씨도 어딘지 명문 출신 같다. 기사도의 예법에 의하면 당연히 거절해도 좋은 결투지만 나는 그렇게 하기도 싫어. 반역자라는 오명을 네 머리에 되던져 주고, 지옥처럼 가중스러운 그 거짓말로 네 가슴을 짓눌러 놓겠어. 하지만 그 오명도 네 가슴을 스칠 뿐 상처조차 거의 입히지 않을 테니, 그 오명을 이 칼로 네 가슴에 새겨 두고 영원히 그곳에 남아 있게 하겠어. *(칼을 뺀다.)* 자, 나팔을 불어라! 자, 말해 봐라!

🌸 *무장하라고 알리는 나팔 소리. 두 사람이 싸우다가 에드먼드가 쓰러진다.*

올버니: 편지를 찢지 마라!
알고 있는 모양이군.

올버니	그를 죽이지 마라! 죽이지 말라고!
거너릴	글로스터 백작님, 이건 음모예요. 기사도의 예법으로는 이름도 안 밝힌 상대에게 응할 의무가 없어요. 당신은 진 게 아니에요. 계략과 속임수에 빠진 거라고요.
올버니	입 닥쳐. 닥치지 않으면 이 편지로 입을 틀어막아 버릴 테야. *(에드거에게)* 아, 기다려라. *(거너릴에게)* 그 어떠한 죄명보다 더 한 악당아, 네 죄상을 읽어 봐라. 찢지 마라! 알고 있는 모양이군. *(에드먼드에게 편지를 준다.)*
거너릴	알고 있으면 어때요. 국법은 내 것인데요. 당신 마음대로는 안 될 거예요. 그걸로 누가 날 고발할 수 있어요?

올버니	참 괴물 같은 여자로구나! 그럼 이 편지는 확실히 네 것이지?
거너릴	내가 알고 있는 걸 묻지 말아요. *(거너릴이 퇴장한다.)*
올버니	뒤따라가 봐. 광란 상태에 있어. 진정시켜라. *(장교 한 사람이 퇴장한다.)*
에드먼드	네가 열거한 죄목들은 내가 범한 것들이며 그밖에도 훨씬 더 많이 있는데 시기가 오면 다 밝혀지게 될 게야. 그러나 다 지나간 과거의 일이지. 나도 이제 과거의 사람이 되었어. 하지만 나를 이긴 행운아인 너는 도대체 누구냐? 문벌 있는 사람이라면 용서하겠어.
에드거	서로 용서하자. 에드먼드, 나는 혈통이 너만 못하지 않은 사람이야. 내가 혈통이 너보다 우월하다면 나에 대한 너의 죄는 그만큼 더 무거워. 나는 너의 아버지의 적자 에드거야. 신들은 공정하며 우리의 부당한 쾌락을 우리를 처벌하는 도구로 삼지. 아버지는 캄캄하고 부도덕한 잠자리에서 너를 만든 대가로 두 눈을 잃으셨지.
에드먼드	그 말은 옳아요. 사실이지요. 운명의 수레바퀴가 완전히 한 바퀴 회전하여 이제 나는 맨 밑바닥에 오게 된 거라고요.
올버니	*(에드거에게)* 나는 너의 거동만 보고서도 어딘지 고귀한 가문의 태생임을 알아볼 수 있었어. 자, 이 가슴에 안겨라. 내가 너나 너의 부친을 미워한 적이 있다면 슬픔 때문에 내 가슴이 둘로 쪼개져도 좋아!
에드거	공작님, 호의는 잘 알고 있어요.
올버니	지금까지 어디 숨어 있었지? 부친의 불행은 어떻게 알았지?
에드거	그 불행을 보살펴 왔기 때문이지요. 간단히 말씀드리겠어요. 그리고 다 말씀드리고 나면, 아, 내 심장이 터져도 상관없다고요! 가혹한 선고가 내린 뒤에 저는 바싹 뒤쫓아 오는 군사들의 눈을 피해 다녔지요. 아, 목숨이란 소중한 거지요! 단숨에 죽는 것보다는 시

시각각으로 죽음의 고통을 당한다 해도 우리는 연명하려고 하거든요! 그래서 생각한 바 있어 미치광이가 입는 누더기를 입고 개도 얕보는 미친 거지의 꼴로 변장했지요. 그런 꼴로 우연히 아버님을 만났는데 그때 그분의 피를 흘리는 눈구멍은 보석 같은 두 눈알을 방금 잃고 난 뒤였어요. 그 후 저는 그분의 손을 이끌고 길잡이가 되었지요. 그리고 그분을 위해서 구걸하고 그분을 절망으로부터 구해 드렸지요. 반시간 전에 갑옷을 입을 때까지 저는 그동안 내내 그분에게 제 이름을 밝히지 않았는데, 지금 생각해보니 큰 잘못이었다고요! 그런데 이번 이 결투에서 이기기를 바라면서도 승패의 판가름이기에 어딘지 불안하여 아버님께 축복을 청하고 지금까지의 자초지종을 얘기했지요. 그랬더니 이미 금이 가 있는 아버님의 심장은 기쁘고도 슬픈 감정의 충격을 감당하지 못했어요. 그분은 희비가 교차하는 착잡한 양극단에 끼어 미소를 지으시며 가슴이 터지고 마셨지요.

에드먼드   그 이야기에는 나도 감동했어요. 이제 나도 본심으로 되돌아 갈 수 있을 것 같아요. 더 계속해 주세요. 얘기가 더 있는 것 같거든요.

올버니   슬픈 이야기일 테지. 더 얘기하지 마라. 그 이야기만으로도 나는 눈물이 쏟아질 것 같으니까.

에드거   슬픔을 싫어하는 사람에게는 이것이 끝이라고 보이겠지만 이야기가 하나 더 있어요. 이걸 자세히 이야기하면 이미 많아진 슬픔에다 슬픔을 더하여 극도의 슬픔이 되겠지요. 제가 통곡을 하고 있을 때 누군가가 나타났어요. 이분은 이전에 저의 비참한 거지꼴을 봤을 때는 소름이 끼치는 듯 저를 피했는데, 이때는 슬픔을 참고 있는 사람이 누군지를 알아보고, 힘센 두 팔로 내 목에 매달리고 하늘을 찢을 듯이 통곡했지요. 그리고 자기 몸을 저의 부친의 시체 위에 내던지고 리어 왕과 자기의 슬픈 신상 이야기를 했는데, 그렇게도 슬픈 이야기는 세상에 둘도 없어요. 그 이야기를 하면서 그분은 엄청난 슬픔을 감당하지 못하여 생명의 줄이 당장 끊어질 것만 같았지요. 그때 둘째 나팔 소리가 들렸기 때문에 그분을 실신한 채 내버려두고 저는 이곳으로 나왔던 거라고요.

올버니 그분은 도대체 누군가?

에드거 켄트 백작, 추방당한 켄트 백작이지요. 변장한 채 자기를 적대시 했던 임금님을 따라 노예도 하지 못할 정도의 시중을 들어 온 분이지요.

🎕 기사가 피가 묻은 단검을 들고 등장한다.

기사 큰일 났어요! 아, 큰일이 났다고요!

에드거 무슨 큰일이 났단 말인가요?

올버니 빨리 말해라!

에드거 그 피 묻은 칼은 무슨 일이지요?

기사 아직 따뜻하고 김이 오르지요. 지금 막 가슴에서 뽑아왔어요. 아, 돌아가셨어요.

올버니 누가 죽었는데? 빨리 말해라!

기사 부인께서요, 공작부인께서! 그리고 동생도 공작부인에게 독살 당했어요. 공작부인께서 그렇게 자백했거든요.

에드먼드 나는 두 사람 모두에게 부부가 될 약속을 해놓았지. 이제는 셋이 다 함께 되는군.

에드거 켄트 백작이 오시는군요.

기사 : 지금 막 가슴에서 뽑아왔어요. 아, 돌아가셨어요. _ 16세기 판화

🍀 켄트 백작이 등장한다.

올버니   죽었든 살았든 두 사람을 이리로 옮겨라. *(기사가 퇴장한다.)* 이 천벌은 우리를 떨게는 만들어도 우리에게 연민의 정을 일으켜 주지는 않아. *(켄트 백작을 보고)* 아, 이분이 그분인가? 실례가 되는 줄 알면서도 사태가 이러하니 인사말은 줄이겠어요.

켄트   저의 주인이신 임금님께 영원한 작별인사를 하러 왔지요. 여기 안 계신가요?

올버니   큰일을 잊어버리고 있었구나! 이 봐, 에드먼드, 왕은 어디 계시냐? 그리고 코델리아는? *(하인이 거너릴과 리건의 시체를 운반해 온다.)* 켄트 백작, 저걸 보세요.

켄트	아니, 이게 웬일인가요?
에드먼드	그래도 이 에드먼드는 사랑을 받았지요. 나 때문에 언니는 동생을 독살하고, 그리고 자살했지요.
올버니	사실이 그렇다고요. 시체의 얼굴을 가려라.
에드먼드	숨이 차오는군. 나는 원래 악인이지만 죽기 전에 좀 좋은 일을 해 두고 싶군요. 성으로 빨리 사람을 보내세요. 급히 보내세요. 리어왕과 코델리아를 죽이라는 나의 명령이 내려졌거든요. 늦지 않게 빨리 보내세요!
올버니	뛰어가라, 뛰어가! 아, 빨리 뛰어가!
에드거	누구에게 가야지요? *(에드먼드에게)* 누가 명령을 받았지? 네 명령

	을 취소한다는 증거를 내놓아라.
에드먼드	잘 생각해 냈어요. 내 칼을 가지고 가서 부대장에게 주세요.
올버니	빨리 가라. 목숨을 걸고 빨리! *(에드거가 퇴장한다.)*
에드먼드	당신의 부인과 내가 명령을 내려보냈지요. 코델리아를 감옥 안에서 교살해 버리고, 그녀가 절망한 나머지 자살한 것으로 책임을 전가하라는 명령을 말이에요.
올버니	신들이여, 그녀를 보호해 주십시오! 저 사람을 잠시 데리고 나가라. *(시종들이 에드먼드를 메고 나간다.)*

❧ *리어 왕이 죽은 코델리아를 두 팔에 안고 등장한다. 에드거, 부대장, 다른 사람들이 뒤따라 등장한다.*

리어 왕	울부짖어라, 울부짖어! 울부짖어라, 울부짖으란 말이다! 아, 너희는 목석같은 인간들이다! 내가 너희들의 혀와 눈을 가졌다면 그것들을 사용하여 창공이 무너지도록 저주를 해줄 텐데! 이 애는 영영 죽어 버렸어. 사람이 죽었는지 살아 있는지는 나도 알아. 이 애는 죽어서 흙같이 돼 버렸어. 거울을 빌려줘. 거울이 입김으로 흐려지든지 희미해진다면 이애는 아직 살아 있는 거야.
켄트	이것이 예언된 세상의 종말인가?
에드거	또는 참혹한 그 날의 모습인가?
올버니	하늘도 땅도 없어져 버려라!
리어 왕	이 깃털이 움직여. 이 애는 살아 있어! 이 애가 살아 있다면 이제까지 내가 겪은 불행은 모조리 보상되지.
켄트	*(무릎을 꿇으며)* 아, 주인님!
리어 왕	제발 저리로 가라!

코델리아를 애도하는 리어왕 _ 제임스 배리 작

에드거 그는 폐하의 충신인 켄트 백작이라고요.

리어 왕 역병에 걸려라. 네놈들은 모조리 살인자, 반역자야! 나는 이 애를 살릴 수도 있었는데 이 애가 이젠 영영 가버렸어! 코델리아, 코델리아, 잠깐만 기다려라! 아니! 말을 하나? 이 애의 목소리는 언제나 부드럽고 상냥하고 나직했는데, 그건 여자로서 탁월한 장점이었지. 너를 목 졸라 죽이던 그 노예 놈은 내가 맨손으로 죽여 버렸어.

부대장 그렇지요. 임금님께서 죽여 버렸지요.

리어 왕 이 봐, 내가 그렇게 하지 않았어? 나도 한 때는 날카로운 큰칼을 휘둘러서 적을 닥치는 대로 몰아대던 일이 있었지. 그러나 이젠

	늙고, 이렇게 고생을 해온 탓에 기운이 빠졌어. 너는 누구냐? 눈이 잘 보이지 않는군. 하지만 곧 알아볼 수 있을 게야.
켄트	운명의 여신이 사랑했고 또한 증오했던 두 사람이 있다고 자랑삼는다면 그 두 사람은 서로 마주보고 있지요.
리어 왕	이건 비참한 광경이야. 너는 켄트가 아니냐?
켄트	네, 그렇지요. 폐하의 신하 켄트지요. 폐하의 신하 케이어스는 어디 있지요?
리어 왕	그놈은 좋은 놈이야. 정말이야. 그놈은 칼을 잘 쓰지. 날쌔기도 하고 말이야. 그놈은 죽어서 썩어 버렸어.
켄트	아니, 죽지 않았어요. 제가 바로 그 케이어스거든요.
리어 왕	그럼 내가 곧 알아볼 수 있게 되겠지.
켄트	불우한 몰락의 시초부터 폐하의 슬픈 발자국을 내내 따라다닌 사람이지요.
리어 왕	넌 여기 잘 왔어.
켄트	환영받을 사람은 아무도 없어요. 모든 것이 쓸쓸하고 암담하고 죽음같기만 하지요. 폐하의 손위 쪽 따님 두 분은 스스로 목숨을 끊고 자포자기의 최후를 마쳤어요.
리어 왕	음, 그랬을 거야.
올버니	아무것도 잘 모르시는 모양이군. 이래서는 우리 이름을 대드려도 소용없어.
에드거	아무 소용이 없지요.

🌸 장교 한 명이 등장한다.

장교	에드먼드가 죽었어요.

리어 왕 : 울부짖어라, 울부짖으란 말이다! 아, 너희는 목석같은 인간들이다!

올버니	이런 때에 그런 건 대수롭지 않아. 귀족이며 나의 친구인 여러분은 나의 의도를 알아두십시오. 나는 몰락한 이 위대한 분에 대해서는 힘자라는 데까지 원조를 해드릴 작정이지요. 나로서는 이 늙으신 폐하께서 생존해 계시는 동안 나의 통치권을 폐하께 양도하지요. *(에드거와 켄트 백작에게)* 그리고 두 분에게는 본래의 권리 이외에도 이번의 공적에 충분히 보답될 만한 여러 가지 영예와 특권을 수여하겠지요. 친구들은 모두 공적에 따라 상을 받을 것이며, 원수들은 모두 처벌의 쓴 잔을 맛보게 될 거요. 아니, 저런, 저런!
리어 왕	그리고 나의 귀여운 바보가 목 졸려 죽었다니! 이제는, 이제는, 생명은 끊어졌어! 개나 말이나 쥐에게도 생명은 있는데, 너는 왜 숨도 전혀 쉬지 않느냐? 너는 이제 돌아오지 않을 테지. 절대로, 절대로, 절대로! 절대로, 절대로 돌아오지 않을 테지! 이 단추를 좀 풀어 줘. 고마워. 이걸 봐라! 이 애 얼굴을 봐라! 봐라! 이 애 입술을! 저길 좀 봐라, 저길!
에드거	기절하셨어요! 폐하, 폐하!
켄트	가슴이 터질 것만 같아. 어서 터져 버려라!
에드거	기운을 내세요, 폐하.
켄트	그분 영혼을 괴롭히지 마세요. 아, 왕생하시도록 하세요! 이 냉혹한 현세라는 고문대 위에 더 이상 그분 육체를 매달아 두려는 사람이 있다면 폐하께서는 그를 오히려 원망하실 거요.
에드거	정말 운명하셨어요.
켄트	용케 지금까지 오래 견디셨지요. 천수(天壽) 이상으로 연명하셨지요.
올버니	유해들을 내어가라. 우리가 당면한 임무는 온 나라가 국상(國喪)

을 치르는 일이오. *(켄트 백작과 에드거에게)* 나의 마음의 벗인 두 분은 이 나라의 국정에 참여하여 난국을 타개해 주시오.

켄트   저는 곧 여행을 떠나야만 해요. 저의 주인께서 부르시니 거절할 수 없거든요.

에드거   이 비통한 시대의 압력을 우리는 달게 받아야만 해요. 우리는 말해야만 한다고 생각되는 바를 말할 게 아니라 가슴에 느껴지는 생각을 말합시다. 가장 늙으신 분이 가장 많이 참으셨지요. 우리 젊은이들은 결코 그토록 고생하지도 않을 것이며, 또 그토록 오래는 살지도 않을 테지요. *(시체들을 들어서 내어간다. 장송곡에 맞추어 모두 퇴장한다.)*

셰익스피어 인물 소개

셰익스피어의 생애 · 194
셰익스피어는 실존 인물 인가? · 209
셰익스피어의 연표 · 213

셰익스피어의 생애

우리가 알고 있는 셰익스피어의 생애는 그의 작품 세계와도 일치한다. 현실적 사고방식에 근거한 그의 천재적인 상상은 낭만적인 환상보다 월등히 높은 차원을 날고 있다. 일리저베드 시대의 전기관(傳記觀)으로 보든지, 또는 당시 극작가의 미천한 사회적 위치라는 점에서 보든지, 셰익스피어는 비교적 놀라울 만큼 풍부한 전기의 자료를 남겨두고 있다. 첫째 교회나 관공서, 궁정 등에 남아 있는 기록, 둘째 동시대인들이 셰익스피어에 대해서 언급한 기록, 셋째 지금까지 전해져 내려온 전설 등이다. 하지만 무엇보다도 그의 작품이 가장 주요한 자료가 될 것이다. 이것은 다른 작가들의 경우처럼 작품 안에 자서전적인 요소가 들어있다는 뜻이 아니라, 그의 작품 전체를 일관하여 흐르고 있는 셰익스피어의 정신. 또는 그의 내면적인 상(像)을 작품에서 가장 잘 나타내고 있다는 뜻이다.

유년시대

윌리엄 셰익스피어는 1564년 4월 26일 스트래트퍼드 온에이븐 교회에서 세례를 받았다. 당시 세례에 얽힌 사항들로 미루어 볼 때 그의 탄생 날짜는 23일로 추측되고 있다. 그의 죽음의 날짜 또한 공교롭게도 1616년 4월 23일이었다. 그의 아버지 존 셰익스피어는 다른 고장에서 이사를 와서 이 고장에서 잡화상, 푸주, 양모상 등을 경영하여 부유해졌다. 사회적 지위도 시의 재무관과 시장까지 지낸 바 있었다. 그의 아버지는 부(富)와 출세를 겸한 인물로, 슬하에 자녀를 여덟 명이나 두었다. 그 셋째가 윌리엄 셰익스피어이다. 그의 교육과정은 고장 그래머 스쿨을 채 끝마치지 못한 채 오학년 과정에서 중퇴했다고 추측하고 있다. 셰익스피어가 그래머 스쿨조차 모두 마치지 못한 이유는 집안 형편이 어려워 진 탓으로 본다. 시인 벤 존슨은 후일 셰익스피어를 가리켜 '라틴어를 겨우 조금 알고, 그리스어는 거의 모르는 사람' 이라고 평한 바 있다. 그러나 셰익스피어는 문법학교에서 익힌 라틴어를 토대로 라틴의 고전들을 충분히 읽어 낼 만큼 총명하고 민첩한 두뇌의 소유자였다.

셰익스피어의 아버지 존은 시장 시절에 서명(署名)을 클로버 잎으로 대신했다고 한다. 그것은 그가 무학(無學)이었던 탓이라고 보는 학자들도 있지만, 아무튼 그의 경력은 여러 가지로 드라마틱하다. 그의 가문의 쇠퇴는 당시 국내의 격동하는 정치 정세 때문일 것이라는 설이 있다. 존은 경건한 가톨릭 신자였다. 그러던 것이 헨리 8세가 성공회(聖公會)를 내세워 종교개혁을 하는 바람에 가톨릭교도는 타격을 받지 않을 수 없게 되었다. 아마 가정의 이러한 몰락에 자극받아 출세를 위해 셰익스피어는 런던으로 상경했을지도 모른다. 이러한 이유로 부모의 신앙과 관련하여 셰익스피어 개인의 신앙은 과연 가톨릭이었겠느냐, 신교이었겠느냐, 무신론자였겠느냐 하는 논쟁이 자연히 열을 띠게 되었다.

이 고장에는 대학에 진학한 자제들이며 대학 출신의 지식인들도 상당수 있었다. 셰익스피어는 문법학교를 중퇴하게 되자, 어느 변호사의 법률 사무소 서기로 취직했다고 보는 견해가 있다. 머리가 명석한 셰익스피어는 아마 이 서기 시절에 법률 서적을 맹렬히 읽었을 것이다. 예민한 관찰력과 정확한 판단력을 가지고 그는 인위적인 법률의 부조리를 간파했을는지도 모른다. 후일 그의 사극이나 비극에서 전개되는 권력 투쟁의 세계는 이미 이 무렵부터 어렴풋이 그의 뇌리에 어른거렸을는지도 모른다. ≪헨리 6세≫ 제2부에서 재크 케이드 일당의 폭도들은 "법률가를 죽여 버려라!"고 외친다. 이 시골 도시의 장서를 가지고는 셰익스피어의 독서열은 도저히 충족될 수 없는 일이었겠지만, 그래도 그는 ≪성서≫, 홀린셰드의 ≪사기(史記)≫, ≪오비드≫ 등의 라틴 고전 문학에 접할 수 있었을 것이다. 셰익스피어는 한 번 읽은 것은 차곡차곡 뇌리에 축적해 두었다가 필요할 때는 누에가 실을 뽑아내듯이 독서에서 얻은 지식을 언제든지 재생해낼 수 있는 비상한 머리를 가진 사람이었다.

결혼생활

셰익스피어는 1582년 11월 28일 스트래트퍼드의 서쪽 약 1마일 지점에 있는 쇼터리 마을의 지체 있는 한 부농(富農)의 딸인 앤 해서웨이와 결혼했다. 그때 그는 열여덟 살, 신부는 여덟 살 위인 스물여섯이었다. 결혼한 지 5개월 후인 1583년 5월 23일에 큰딸 스잔나가 태어났고, 1585년 2월에는 쌍둥이가 태어났다. 장남 함네트와 둘째 딸 주디스다. 셰익스피어의 결혼 생활에 대한 기록은 여기서 일단 중단되어 있다. 셰익스피어의 결혼에 대해서는 논쟁이 분분하지만 이들 부부의 결혼 생활은 부자연스럽기보다도 자연스러운 듯싶다. 대개 젊은 청년이 연상의 여성을 사랑할 때 불행으로 끝나게 마련이지만 이 결혼은 성

취된 것이다. 로미오와 줄리엣의 경우처럼 풋내기 젊은 남녀의 불꽃이나 유성같이 눈 깜박할 사이에 사라져 버리고 마는 사랑이 오히려 부자연스러운지도 모른다. 로미오와 줄리엣의 사랑은 셰익스피어와 앤과의 현실적인 사랑의 역설인지도 모른다. 대개 남성은 그 심층 심리에 모성에 대한 영원한 동경을 간직하고 있다고 한다. 햄릿의 경우가 아마 그러하다 하겠다. 예술적인 천재를 지닌 셰익스피어는 이 본능에 있어서 또한 남달리 강렬했음을 보여 주고 있다. 셰익스피어의 결혼 생활이 불행했으리라고 논증하는 학자들이 더러 있지만, 반드시 그렇지만은 않았을 것이다.

  그후 1592년, 당시의 대(大)극작가 로버트 그린이 한 푼 없이 비참하게 여인숙에서 죽어 가면서 동료에게 보낸 서한에 다음과 같은 구절이 있다. '우리의 깃으로 단장을 한 한 마리의 까마귀 새끼가 벼락출세를 해가지고, 당신네들 누구에 못지않게 무운시(無韻詩)를 잘할 수 있다고 망상하고 있다. 그뿐 아니라 그자는 온통 자기만이 천하를 셰익 신(振動 shake-scene)케 하고 있는 듯 몽상하고 있다.' 이 구절 중 천하를 진동시킨다는 뜻으로 쓰여진 셰익 신은 셰익스피어의 이름자와 관련된 풍자인 것으로 해석되고 있다. 이 글은 갑자기 런던에 혜성같이 나타나서 연극계를 주름잡기 시작한 초기 셰익스피어의 모습이 엿보이지만, 그는 이렇듯 런던에서 비우호적으로 받아들여졌던 것이다.

  그러면 고향에서 기록이 중단된 후, 그린의 이 서한이 나오기까지 약 7년간 그는 대체 어디서 무엇을 했을까? 여기서는 각가지 전설적인 얘기며 추측 등이 전해져 내려오고 있다. 스트래트퍼드의 귀족 루시 경의 숲에서 밀렵(密獵)한 죄로 벌을 받자 셰익스피어는 루시 경을 풍자하는 시구의 방(榜)을 내 붙였다가 끝내는 고향에 있지 못하게 되었다든가, 잠시 이웃 마을의 어느 귀족의 집에서 가정교사를 했을 것이라든가, 이 고장에 찾아온 순회공연 극단을 따라 런던으로 상경했으리라든가….

🌸 습작기

 런던의 연극계에 발을 들여 놓은 셰익스피어는 직책의 선택 여부가 있을 수 없었다. 그는 우선 〈레스터 백작 소속 극단〉에 취직하여 처음에는 관객이 타고 온 말을 보관하는 말지기 역할을 맡아 보았다. ≪맥베드≫에서 밤중 문지기의 훌륭한 대사는 이 시절의 생생한 체험이었는지도 모른다. 그러나 이 무렵 그는 직책은 비록 말지기였으나 극단의 일원으로 가끔 극에 관여할 기회가 있었다. 그는 그런 기회를 잘 이용하여 재능을 인정받아 배우로 등용되었다. 그러나 배우로서의 셰익스피어는 그리 뛰어나지 못했던 것 같다. 후일에도 ≪햄릿≫의 유령 역이나 ≪뜻대로 하세요≫의 애덤 노인 역 등 단역으로 출연했다고 전해진다.
 셰익스피어는 극단 전속 작가가 되었다. 당시 극단 전속 작가란 대개 타인의 인기 있는 작품을 개작이나 하는 직책이었다. 일종의 표절이었다. 그러나 당시에는 표절판이 가능할 정도로 판권이 보장되어 있지 않았기 때문에, 타인의 작품을 아무런 구애도 없이 어떠한 형태로든지 개작할 수 있었다.
 런던에 상경한 셰익스피어는 〈레스터 백작 소속 극단〉에 발을 들여놓은 후로 이윽고 〈스트레인지 남작 소속 극단〉, 〈궁내 대신 소속 극단〉, 〈국왕 소속 극단〉 등의 일원으로 '극장(劇場 The Theatre)'에서 활동하게 된다. 극장은 런던 시 외곽 북쪽 변두리에 1576년에 세워진 건물이다. 셰익스피어가 소속한 극단은 1599년부터 런던 시의 남쪽 템즈강 건너에 세워진 〈글로브 극장〉에서 활동하게 된다.
 그린의 비우호적인 1592년의 기록과는 달리, 1598년 프랜시스 미어즈라는 젊은 학자는 ≪지식의 보고(寶庫)≫라는 책자에서 셰익스피어의 몇몇 극을 관람한 사실을 들어 격찬을 아끼지 않고 있다. 그가 관람했다는 극 중에는 다음 작품들이 열거되어 있다. ≪베로나의 두 신사≫, ≪착오 희극≫, ≪사랑의 헛수고》, ≪사랑의 수고의 보람(이것은 셰익스피어의 어느 극을 두고 말한 것인지 알 수 없다)≫, ≪한여름 밤의 꿈≫, ≪베니스의 상인≫, ≪리처드 2세≫, ≪리처드 3세≫, ≪헨리 4세≫, ≪존 왕≫, ≪타이터스 앤드로니커스≫, ≪로미오와 줄리엣≫ 등. 이 기록으로 보아 셰익스피어는 초기에 이미 사극, 희극, 비극에 모조리 손을 댄 것이 된다.

그가 최초로 제작한 사극 ≪헨리 6세≫ 제 1, 2, 3부(1590~1592)와 ≪리처드 3세≫(1592~1593), 이 네 편의 사극은 하나의 체계를 이루고, 왕권을 에워싼 귀족들의 갈등에 의한 질서와 무질서의 대립이 빚어내는 국가의 혼란과 불안, 권불십년(權不十年), 인과응보 등의 외적인 양상이 추구되고 있다. 이 시기의 단한 편의 비극인 ≪타이터스 앤드로니커스≫(1593~1594)는 당시 유행이던 유혈복수의 비극에 있어서도 토머스 키드와 같은 선배 극작가의 '스페인 비극'을 능가하고 있음을 실증해 주고 있다.

이 습작기에 셰익스피어는 희극에 있어서도 솜씨를 발휘하기 시작했다. ≪착오 희극≫(1592~1593)을 비롯하여 ≪말괄량이 길들이기≫(1593~1594), ≪베로나의 두 신사≫(1594~1595), ≪사랑의 헛수고≫(1594~1595) 등이 그것들이다. 이 초기 희극들은 현실 세계와 낭만 세계를 차례로 전개시켜 본 희극들이다. 이 두 개의 세계는 교체 성장(交替成長)하여 다음 시기의 ≪한여름 밤의 꿈≫(1595~1596)을 계기로 완전히 융합되어, 제 2기의 로맨틱 코미디(浪漫喜劇)라는 새로운 희극이 탄생하게 된다.

이 무렵 또한 그는 장편의 이야기 시 ≪비너스와 아도니스≫(1593년 출판)와 ≪루크리스의 능욕≫(1594년 출판)을 이미 친밀히 교제하게 된 유력한 귀족 청년 사우샘프턴 백작에게 바친 바 있다. 그의 ≪소네프 집(集)≫ 또한 이 무렵에 쓰여 진 듯하다. 그의 습작기는 동갑인 말로 Marlowe의 영향을 받았다. 그러나 그의 희극들의 탄생으로 그는 이미 말로의 영역을 초월하게 되었다. 만인(萬人)의 마음을 가진 셰익스피어는 고귀한 정신의 상승과 몰락의 묘사에 그치지 않았으며, 컴컴한 고독이나 비극만을 추구하지도 않았다. 그는 인생의 즐거운 면에도 주목했다. 초기의 희극들은 벌써 인생의 밝은 면, 즐거운 면에 눈길을 돌린 증거이다.

셰익스피어의 습작기가 끝날 무렵에 그의 선배 작가이자 경쟁 작가들인 '대학재파(大學才派)'의 극작가들은 그린(1592년)이나 키드(1594년) 같이 빈곤 속에 비참하게 세상을 떠나거나 또는 말로(1593년) 같이 정치 음모로 암살되는 등, 그 밖의 대학재파들도 모두 비참하게 연극계를 떠나게 되었다. 오늘 날 문학사에 남은 대학재파들은 7~8명밖에 안되지만, 당시 실제 활동한 대학재파들은 20명 전후가 되지 않았나 싶다. 그들은 모두 셰익스피어에게 호의를 갖지 않은 경쟁 작가들이다. 그것은 셰익스피어가 굉장히 많은 수나 양을 나타내는 것의 이미지로 20(Twenty)을 사용하고 있는데, 이 20이란 숫자의 이미지는 그의 전 작품을 통해 150회나 사용되고 있다. 이와 같은 이미지는 그의 20명의 경쟁 작가가 무한히 많은 숫자로 여겨진 데서 온 것인지도 모른다.

발전기

셰익스피어는 제 2기에 접어들면서 그의 집념이었던 비극을 시도하였다. 그의 최대 관심인 사랑을 주제로 한 ≪로미오와 줄리엣≫(1594~1595)이 그것이다. 그러나 이 극은 아직 그의 역량을 가지고는 성격 창조에까지 미치지는 못하고 그 아름다운 서정성에도 불구하고 한낱 운명 비극으로 그친다. 그의 이 시기는 사극의 체계가 매듭지어지고, 로맨틱 코미디가 완성된 시기이기도 하다.

이와 같은 보람찬 작품 제작과 더불어 그의 주변 또한 활발한 양상을 보여 준다. 기록에 의하면, 당시 런던에서는 매년 되풀이되다시피 여름철에는 전염병이 창궐했다고 한다. 당시 런던은 인구 20만 내외의 도시였는데, 그런 전염병이 한 번 휩쓰는 날이면 인구의 십 분의 일이 죽어 없어질 정도로 전염병은 위세를 떨쳤다고 한다. 전염병이 창궐하면, 그렇잖아도 우범지대로 여겨지던 극장이었으니까, 극장은 폐쇄되고 극단은 지방 순회공연에 나섰다. 우리는 ≪햄릿≫에서 그런 지방 순회 극단의 경우를 볼 수 있다. 셰익스피어가 소속한 극단은 비교적 큰 극단이었기 때문에 전속 극작가인 셰익스피어는 지방 순회에 동행하지 않고 전염병을 피하여 고향에 돌아가 있었으리라고 생각된다.

셰익스피어가 발전기인 제 2기에 사극의 체계를 매듭짓고 낭만 희극을 완성했음은 앞에서 밝힌 바와 같다. ≪리처드 2세≫(1595~1596), ≪헨리 4세≫ 제 1, 2부(1597~1598), ≪헨리 5세≫(1598~1599), 이 네 편의 사극은 셰익스피어의 이른바 제 2군(群)의 사극으로 제 1군의 사극과 마찬가지로 질서와 무질서의 대결이 전개된다. 제 1군의 사극에서 벌어지는 장미 전쟁의 치욕적인 역사의 원인으로 파악되고 있다.

군왕의 자질이 결여된 리처드 2세는 권모 술수가이자 기회주의자인 그의 사촌 헨리 볼링블루크에 의해 왕위를 찬탈 당한다. 헨리 볼링브루크는 왕위를 찬탈하여 헨리 4세가 된다. 헨리 4세는 왕위를 불법적으로 탈권한 죄의식에 일생을 두고 정신적으로 시달림을 받으며 내란은 끊이지 않는다. 그의 아들 헨리 5세는 내란을 수습하고 프랑스로 출정하여 애진코트의 대승리로 국위를 선양한다. 그러나 그는 요절하고 만다. 그의 아들 헨리 6세가 기저귀를 찬 갓난아이로 등극한다. 헨리 6세 시대에 장미 전쟁이 벌어져서 국가는 아비규환의 수라장으로 변하고 삼십여 년간 국민은 지옥의 고통에 시달린다.

이와 같은 혼란과 혼돈은 제 2군의 사극에서 헨리 4세가 리처드 2세의 정당한 왕권을 불법적으로 찬탈한 데에 기인한 것이라는 인과응보의 인식인 것이다. 제 1군의 사극과 제 2군의 사극을 통하여, 셰익스피어는 무질서의 이면에 영원한 질서와 평화의 존재를 깊이 인식하고 있는 것이다. 우리는 셰익스피어를 르

네상스적 낭만 정신의 기수로 알고 있다. 그러나 한편 그는 그의 사극에서 보여 주고 있다시피 중세기의 전통적인 질서 개념을 그의 정신의 밑바닥에 가지고 있었다. 이것 역시 그의 이중 영상, 이원성이라고 하겠다. 이 시기의 ≪존 왕≫(1596)은 8편의 사극과 커다란 질서 체계와는 무관한 고립된 사극이다.

이 시기에 꿈의 세계와 현실을 비로소 완전히 융합시킨 낭만 희극들이 쏟아져 나오게 되는데, 그 첫 낭만 희극 ≪한 여름 밤의 꿈≫은 어떤 귀족의 결혼 축하연을 위해 제작된 것이 분명하다. 셰익스피어의 극이 그의 소속 극단에 의해 일리저베드 여왕이나 제임즈 1세 어전에서 상연되었다는 기록들이 더러 있다. 셰익스피어의 극에는 여왕을 찬양한 구절들이 여기저기 나타나 있고, ≪맥베드≫와 같은 극은 제임즈 1세를 위해 쓰여진 것으로 보여 지고 있다.

다음의 낭만 희극 ≪베니스의 상인≫(1596~1597)은 그의 극중에서 가장 유명한 극의 하나로, 그 이유는 아마 여기에 등장하는 유대인 고리대금업자 샤일록의 성격 창조 때문일 것이다. 동기야 어떻든 결과적으로 샤일록은 비극적인 인물이 되고 말았다. 낭만 희극을 불구(不具)로 하고 만 셈이다. 그러니 이 극은 비록 유명하긴 하지만 좌절된 낭만 희극이라고 할 수 있다. 재판 장면에서 포셔의 자비론(慈悲論) 또한 유명한 대사이긴 하지만, 이것 역시 그리스도교의 위선의 냄새를 풍기고 있다.

≪헛소동≫(1598~1599)은 낭만극 치고는 당치도 않게 음모, 간계를 주제로 한 극이다. 그 음모는 비극 ≪오델로≫와 같은 성질의 것이다. 그러나 이 극이 비극으로 결말지어지지 않고 행복한 끝을 맺게 되는 것은 아직 작가에 있어 내면적인 폭풍이 휘몰아쳐 오지 않고, 이성과 상식의 정신이 작가의 마음을 지배하고 있는 탓이라 하겠다. ≪뜻대로 하세요≫(1599~1600)는 목가적인 전원극이다. 그러한 그 목가의 이면에는 골육상잔(骨肉相殘)이 도사리고 있다. ≪십이야≫(1599~1600)는 정묘한 낭만 희극이면서도 거기에는 청교도와 당국에 대한 사정없는 풍자가 담겨져 있다. 이렇듯 이상의 모든 낭만 희극들이 즐겁고

명랑한 외관의 밑바닥에 모두가 비극적인 문제점을 안고 있다.

이와 같이 셰익스피어는 즐거움 속에서도 슬픔을 잊지 않았으며, 감미로운 사랑을 맹세할 때도 시간의 잔인한 낫이 그 사랑을 내리치는 소리를 귓전에 아니 들을 수 없었던 것이다. 그의 이중 영상은 점점 심오해져 간다. 특히 현상과 실재 사이의 파행(跛行)의 인식은 더욱 심각해져 간다. 그의 통찰과 인식이 깊어지고 표현 기술이 능숙해지자, 그는 본격적으로 비극의 문제와 씨름을 시작했다. 비극기에 접어들 무렵에 낭만 희극과는 다소 이질적인 ≪윈저의 명랑한 아낙네들≫(1600~1601)이 나왔다. ≪헨리 4세≫ 극에서 활약한 바 있는 근대적 인물 폴스태프의 희극성에 감명을 받은 일리저베드 여왕이 폴스태프가 사랑을 하는 희극을 보여 달라는 요청을 하자, 그 요청에 의해 이 극이 집필되었다고 전해진다. 그러나 이 극에서의 폴스태프는 이미 전날의 생기를 잃고 있다.

위대성의 개화

셰익스피어의 비극기(悲劇期)는 ≪줄리어스 시저≫(1599)를 가지고 막이 열린다. 고매한 이상을 가진 브루터스는 로마의 독재화를 막기 위해 시저를 쓰러뜨린다. 그러나 냉혹한 정치 세계에서 이상주의는 현실에 패배할 수밖에 없다. 셰익스피어가 비극을 쓰게 된 내적인 동기는 앞에서 언급했지만, 그 동기를 외적으로 추구하는 학자들이 있다.

그것은 에섹스 백작의 실각 사건(1601)이다. 당시 에섹스 백작은 일리저베드 여왕의 궁정에서 정신(廷臣)의 정화(精華)이자 권력의 상징이었다. 그는 또한 여왕의 사촌뻘로 한때는 여왕의 가장 두터운 총애를 받았고, 여왕의 배필 후보자로까지 지목되던 인물이다. 또한 셰익스피어의 후원자 사우샘프턴 백작과

는 친밀한 사이였다. 에섹스 백작은 아일랜드 반란군 진압 사령관으로서의 임무를 다하지 못한 책임에다, 여왕의 시녀와 벌인 연애 사건으로 여왕의 노여움을 사게 되었다. 에섹스 백작은 평소 자신을 리처드 2세를 타도한 헨리 볼링브루크에 비교하고 있었다. 그는 쿠데타를 결심하고, 거사 전날 밤 셰익스피어의 극단으로 하여금 ≪리처드 2세≫를 〈글로브 극장〉에서 상연케 하였다. 그리고 그 이튿날 그는 부하 일당을 거느리고 런던 시내로 몰려 들어가며 시민들의 호응을 기대했다. 그러나 시민들은 아무런 반응이 없었고 그의 거사는 실패로 돌아갔다. 그로 인해 그는 사형을 선고받았다. 여기에는 그의 강력한 정적(政敵) 로버트 세실의 작용도 있었다. 에섹스 백작은 이제 형장의 이슬로 사라지고, 그의 친한 친구이자 셰익스피어의 후원자인 사우샘프턴 백작도 실각하게 된다.

거사 전날 밤 ≪리처드 2세≫를 〈글로브 극장〉에서 상연한 일로 해서 셰익스피어의 극단도 당국으로부터 문책을 받게 되었으나, 별 탈은 없었다. 천하를 주름잡던 세도가가 갑자기 실각하고 만 것이 셰익스피어에게는 과연 어떻게 비쳤을까? 더구나 실각의 주인공은 그의 친지였으니 말이다. 에섹스 백작의 모반 사건은 1601년 셰익스피어가 서른일곱 살 때의 일이었다. 당시 크고 작은 쿠데다 사건은 끊임없이 일어났다. 유대인 의사 로페츠의 여왕 암살 음모 사건은 ≪베니스의 상인≫ 샤일록에 암시되어 있고, 의사당 폭파 사건은 ≪맥베드≫의 문지기의 대사에서 언급되고 있다. 이와 같이 셰익스피어의 작품에는 당시 시사적인 사건이며, 관습적인 일 등이 여러 곳에서 언급되고 있다.

오늘 날 역사적 비평은 그런 문제들을 샅샅이 해명하고 있다. 일리저베드 여왕은 국민과 일치할 수 있는 위대한 영도자였으며 이 시대에 영국이 비약적인 발전을 한 것은 사실이지만, 당시 종교 문제, 대외 문제, 여왕 후계자 문제 등 전진을 위한 진통이 필연적인 현상으로 크고 작은 반역 사건이 잇달아 일어났다. 따라서 확고한 안정이 요청되었으므로 여왕은 정권을 유지하기 위해 에섹스 백작의 경우와 마찬가지로 무자비한 숙청을 하지 않을 수 없었다. 당시 역적의 죄목 아래 교수대의 제물이 된 고관대작들은 부지기수였다. 맥베드가 덩컨 왕을 암살하고 나오는 장면에서 피가 낭자한 자기 손을 보고 '이 망나니의 손'이라고 한 구절이 있다. 당시 사형 집행관은 교수대에서 죄수를 처형하고 나면 곧 시체의 배를 단도로 갈라 내장을 사방에 뿌리는 관습이 있었다. 어떤 사형집행관은 그 솜씨가 어떻게나 익숙했던지 사형 직후 시체에서 염통을 도려냈을 때 그 염통이 그대로 고통치고 있었다고 한다. 사형 집행관들의 솜씨가 이 경지에 도달할 만큼 역적의 처형이 잦았던 것이다. 그리고 역적의 머리는 런던 탑 위에 내걸려졌다. 셰익스피어는 이들의 죽음에 심적인 타격을 입은 바 있다. 그래서 이들의 죽음과 엑섹스 백작의 실각 등을 그의 비극기의 외적 동기로 보는 학자들이 있다.

그의 비극기에는 세 편의 희극 ≪트로일러스와 크레시더≫, ≪끝이 좋은면 다 좋다≫, ≪이척 보척≫ 등이 있다. 이 희극들은 초기 희극, 제 2기의 낭만 희극들과는 전혀 다른 어두운 희극들이다. 학자들은 근래에 이 희극을 '문제극'이라고 이름을 붙였다. ≪트로일러스와 크레시더≫(1601~1602)는 배신과 혼란이 주제가 된다. 문제는 미해결의 장(章)으로 남을 뿐 아니라 뒷맛이 씁쓸하고 개운치 않은, 이름만의 희극이다. 또한 이 극은 당시 영국의 신구(新舊) 두 사상이 소용돌이치던 세태의 일면을 보여 준다. ≪끝이 좋은면 다 좋다≫(1602~1603)는 그 제목이 말하는 바와 같이 끝만이 해피엔딩으로 끝나는 역시 씁쓸한 희극이다. 사랑을 위해 간계의 수단이 이용되는 희극이다. ≪이척 보척≫(1604~1605)은 부패와 위선의 악취가 코를 찌르는 희극이다. 이 세 편의 희극들은 모두 비극의 비전에서 쓰여 진 것이며, 작가가 다만 끝맺음만을 희극으로 맺은 것이다.

셰익스피어의 대비극에는 왕후 귀족 등 위대한 인물들이 등장한다. 그리고 그 비극은 주인공들의 성격 결함에 의한 내적 갈등이 보다 큰 비중을 차지한다. 이들 성격 비극은 《로미오와 줄리엣》이나 '그리스 비극' 등의 운명 비극과는 차원이 다른 것이다. 게다가 그 주제는 제왕의 이미지를 요란스럽게 울려댄다. 거기에는 국가 사회 질서의 파괴와 그 회복이라는 거대한 전제가 있기 마련이다. 실체와 외관은 깊이 통찰되고 이중 영상은 심오하리만큼 입체적, 동적이다.

《햄릿》(1600~1601)은 너무나도 유명한 극이다. 이 극의 주인공은 앞서 논한 엑섹스 백작과도 일맥상통하는 점을 가지고 있다. 이 극에서도 인간 본질의 이원성이 여실히 파헤쳐지고 있다. 이성과 감정, 망상과 행동, 천사와 악마, 판단력과 피의 복수 등 작가의 이중 영상이 다각도로 표현된 작품이다. 《오델로》(1604)는 대비극들 중에서도 그 배경 설정이 특이한 극이다. 주인공들의 운명과 국가 사회의 운명과는 무관하다. 가정 비극으로 신의와 질투와 음모를 주제로 한 비극이다. 《리어 왕》(1605)은 망은, 배신, 분노 등을 주제로 한 엄청나게 거대한 비극이다. 《맥베드》(1606)는 시역자(弒逆者), 악인이 겪는 심적 고통을 그린 악몽의 비극이다. 같은 악인이라도 리처드 3세는 맥베드와 같은 심적 고통은 겪지 않고 악을 실컷 발휘한 후, 그저 절망 속에 죽을 뿐이다. 맥베드 또한 절망 속에 죽는다. 다른 비극의 주인공들이 영혼의 구원을 받고 죽는데 반해 맥베드는 질망 속에 죽는다. 이보다 비참한 비극은 없을 것이다.

《엔토니와 클레오파트라》(1606~1607)와 《코리올레이너스》(1607)는 《줄리어스 시저》와 더불어 로마사에 의거한 사극들이다. 《엔토니와 클레오파트라》는 거의 우주적인 규모의 초월적인 인간주의가 전개되는 대비극이다. 《코리올레이너스》는 취약한 또는 위선적인 애국심을 바탕으로 한 거인의 비극에다 군중의 가공할 힘을 엿보여 주고 있다. 《아테네의 타이먼》(1607~1608)은 '리어 왕' 과 쌍둥이로 그 사산아로 보여질 만큼 주인공의 인간 혐오와 반응의 주제는 자못 시니컬하다.

1607년 6월 5일 셰익스피어는 고향에 돌아왔다. 장녀 스잔나는 유능한 의사

존 홀과 결혼했다. 1608년 2월 7일에는 외손녀 일리저베드의 탄생을 보았다. 이 무렵 영국의 극장은 종래의 노천극장보다 옥내 소극장으로 그 취향이 변해 갔다. 셰익스피어 극단은 이미 오래전부터 블랙프라이어즈 옥내 소극장에서 겨울철이나, 야간이나, 우천에도 귀족 등 소수의 상류 계급 관객들을 상대로 공연을 하고 있었다.

만년

셰익스피어가 만년에 정착한 곳은 로맨스였다. 낭만극은 이 무렵의 조류이 기도 했다. 그의 낭만극은 모두 다 음모, 배신에 의한 혈육의 이산(離散)으로 부터 재회와 상봉, 그리고 관용과 화해를 주제로 한 것이었다. ≪페리클리즈≫ (1608~1609), ≪심벨린≫(1609~1610), ≪겨울 이야기≫(1610~1611) 등은 모두 혈 육의 상봉과 관용의 극들이다. 마지막 로맨스 ≪태풍≫(1611~1612)의 주인공이 마의 지팡이를 바닷속에 버리고 귀향하는 모습은 극작의 영필을 버리고 귀향하

는 작가 자신을 연상케 한다. 비극으로부터 낭만극으로의 변천을 두고 셰익스피어 자신이 신교로 귀의했다고 논하는 상징주의적 해석도 있다. 이제 비극 시대와 같은 고뇌와 부조리는 가서지고 신에게 귀의한 종교적 신앙의 은총이 유난히 돋보이게 된다. 마지막의 또 한편의 고립된 사극 ≪헨리 8세≫(1612~1613)는 합작설이 유력하다.

  셰익스피어는 젊어서부터 건실하고 실리적인 경제관념을 가지고 있었다. 그의 생활 태도에는 절도가 있었으며, 성품은 온화하고 언행이 일치했으며, 은퇴할 무렵에는 고향에서 생활이 윤택했으며, 은퇴한 후에도 가끔 런던을 방문한 듯하다. 그의 은퇴 후, 벤 존슨이 영국 최초의 계관시인이 된 것을 축하하며 몇몇 친구들과 스트래트퍼드에서 만나서 주연을 가진 후 셰익스피어는 발병하여 52세에 사망하였다. 그의 기일은 1616년 4월 23일이다. 유해는 고향의 홀리 트리니티 교회 가장 안쪽에 가족들의 유해와 함께 잠들어 있다.

셰익스피어는 실존 인물인가?

      셰익스피어의 전기 기록은 당시 문인의 사회적 지위로 비추어 볼 때 놀라울 만큼 풍부한 셈이다. 정통파 학설은 스트래트퍼드 출신의 극작가 셰익스피어를 믿어 의심치 않지만, 일부 저널리즘 계통으로부터 심심찮게 그의 생애에 관해 이설이 제시되고 있다. 독자들의 오해를 풀기 위해 이설의 정체를 간단히 소개해 두겠다.

  그 하나는 1759년 어떤 광대극의 다음과 같은 대사에서 비롯된다. '셰익스피어의 저자는 벤 존슨이다.', '아니다, 그것은 피니스(Finis)이다. 그의 전집 맨 끝에 그렇게 적혀 있지 않더냐?', 이와 같은 웃지 못할 대사가 있지만, 이로부터 약 백 년 후 셰익스피어의 저자는 프랜시스 베이컨(Francis Bacon)이라는 이설이 심각하게 대두되기 시작했다. 그런데 이 이설들의 바닥에는 다음과 같은 의혹이 깔려 있었다. 셰익스피어와 같은 엄청나게 위대한 시와 철학을 과연 어떤 사람이 모조리 지닐 수 있겠는가? 이것이 가능하다고 하더라도 그 사람은 박식하고, 세도 있고, 견문이 넓으며, 외국어에도 능숙한 사람이어야 하지 않겠는가? 그렇다면 스트래트퍼드 출신의 촌뜨기 배우가 과연 그렇다는 증거가 어디 있는가?

정통파의 견해로는 당시의 문인치고 셰익스피어는 전기가 많은 편이라고는 하지만, 그의 공적, 사적, 외적, 내적인 사실과 기록은 그토록 위대한 작가의 기록치고는 아주 적은 편이다. 그래서 그를 우상같이 숭배하는 사람들은 역설 같지만 그 우상의 진흙으로 만들어진 다리를 찾기 시작했다. 범인(凡人)은 그와 같이 위대한 작품을 쓰지 못할 것이다. 따라서 셰익스피어는 범인일 수 없으며, 그 작가는 그와 같은 요건을 충족시키는 특수 인물일 것이라는 설이다. 이것은 마치 추리 소설과도 같은 이야기다. 여기에 또 한 가지 중요한 충족여건이 있다. 그것은 그가 어떤 이유가 있어 자기 이름을 정면으로는 밝힐 수 없었을 것이라는 설이다.

프랜시스 베이컨이 같은 시대인으로서는 그와 같은 요건을 모두 갖추고 있다 그리하여 베이컨을 셰익스피어 극의 작가라고 하는 주장이 특히 미국에서 한때 상당히 유력했다. 게다가 베이컨은 또 암호법에 조예가 깊었다. 작품 안에 저자가 베이컨임을 알아볼 수 있게 하는 암호들이 산재해 있다는 것이다. 예를 들어 ≪사랑의 헛수고≫(제 5막 제 1장)에 나오는 'honorificabilitudinitatibus' 라는 조어의 뜻은 '프랜시스 베이컨의 정신적 소산인 이 극들은 후세에 영속하리라' 를 뜻하는 라틴어의 암호라고 풀이하라는 이설이 있다. 그 근거는 그의 극의 출원이 여러 가지로 확실한 것으로 미루어 각색 또한 여러 사람의 공동 집필로 이루어진 것이며, 프랜시스 베이컨과 월터 롤리의 공동 집필, 또는 옥스퍼드 백작을 중심으로 한 베이컨, 말로, 롤리, 더비 백작, 러틀런드 백작, 팸브루크 후작 부인 등의 집단 집필로서, 이때 연극 기교에 관한 전문 지식이 요청되었을 것이므로, 셰익스피어는 그 편찬, 또는 교정 같은 일을 했을 것이다.

셰익스피어의 결혼에 관계되는 기록으로서, 1582년 11월 27일 자 우스터 주교 교구 기록에 'Wm Shakspere and Anna Whateley' 라는 기록과 그 다음 날짜에 'Willm Shakspere to Anne Hathaway' 라는 기록이 있는데, 정통파에서는 'Whateley' 는 'Hathaway' 의 오기일 것이라고 보고 있지만, 1939

년과 1950년에 각각 다른 스코틀랜드 학자가 주장하기를, 미스 휏틀리(Miss Whateley)는 셰익스피어의 애인으로 앤 해서웨이에게 패배하여 수녀가 되어 셰익스피어와는 정신적으로 결합하여 그와 같은 극을 함께 제작했을 거라는 것이다.

다음으로 말로 설이 있는데, 셰익스피어와 태어난 해가 같으나, 요절한 말로의 셰익스피어에 대한 영향은 정통파에서도 인정하고 있는 바이지만, 근래에 미국의 신문 기자 캘빈 호프맨은 ≪셰익스피어라는 사람의 살해 문제≫라는 저서에서 말로는 그의 후원자 토머스 월징엄(T. Walsingham)경의 사주자들의 손에 살해된 것이 아니라, 그가 무신론자로서 처형되는 것을 미리 막기 위해 월징엄 경이 피살을 가장하여 그를 유럽 대륙으로 도피시킨 것이다. 그래서 그는 후일 비밀리에 귀국하여 월징엄 경의 집에 은신하여 셰익스피어라는 이름으로 극작을 발표한 것이라고 주장했다. 호프맨은 또한 월징엄 경의 무덤을 발굴하는 허가를 얻어 발굴에 착수했으나, 거기에 있으리라고 예상했던 셰익스피어의 원고는 발견되지 않았고 미처 무덤 현실까지는 파보지 못한 채 발굴을 중단당한 일이 있었다. 그래서 요사이 스트래트퍼드에 있는 셰익스피어의 무덤을 발굴해 보자는 말도 있다.

다음은 옥스퍼드 백작 설이다. 옥스퍼드 백작 에드워드 비어의 가문(家紋)의 하나로 사자가 창(spear)을 휘두르고 있는(shake) 것이 있다. 그의 별명이 '창을 휘두르는 사람(speare shaker)' 이었으며, 그는 사우샘프턴 백작과 더불어 셰익스피어의 후원자로 알려진 사람인데, 사우샘프턴 백작이 그와 일리저베드 여왕 사이의 소생이라는 풍문이 나돌 정도였던 만큼, 그와 궁정과의 어떤 부득이한 사정 때문에 그는 자기의 작품에 셰익스피어라는 가명을 사용했거나, 스프래트퍼드 출신의 배우 셰익스피어의 이름을 빌려 쓴 것이라는 이설이 있다.

또는 셰익스피어라는 스트래트퍼드 출신의 대금업자가 궁색한 극작가들에게 금전을 융통해 준 대가로 작품의 작가를 자기 이름으로 하게 했을 것이라는 이설도 있다. 또 하나의 이설은 그의 ≪소네트 집≫에 나오는 'Mr. W. H.'가 누구냐?, '흑발의 미녀(dark lady)'나 '미청년(fair youth)'은 과연 누구냐? 하는 것이다.

그의 소네트가 원래 개성적인 요소를 강하게 풍기고 있기 때문에 이 점들에 관해서는 정통파 학자들 사이에도 논쟁이 분분하지만, 말로 설의 주장자들은 '미청년'을 당시의 동성애와 관련시켜 말로의 동성애를 증거로 셰익스피어 소네트의 저자를 말로라 단정하고, Mr. W. H.를 앞서의 월징엄의 약기(略記)라고 주장한다.

같은 자료와 같은 사실을 가지고 이러한 설들은 이렇게 기묘한 결론에 도달하고 있지만, 오늘 날 정통파 학자들은 스트래트퍼드의 셰익스피어의 실존성에 대해 추호도 의심하지 않는다.

셰익스피어의 연표

1556년
존 셰익스피어, 스트래프퍼드 온 에이븐의 헨리 가(街)와 그린힐 가(街)에 주택을 구입.

1557년
존, 윌코트의 메리 아든과 결혼.

1558년
일리저베드 여왕 즉위.
존의 장녀 쥬오운 출생(9월 10일 세례).
존, 시의 치안관에 선임.

1559년
존, 스트래트퍼드 시의 벌금부과역에 취임.

1561년
존, 시의 재무관에 취임.

1562년
존의 차녀 마거레트 출생(12월 2일 세례).

1563년
마거레트 사망(4월 30일 매장).

1564년
존의 장남 윌리엄 셰익스피어 출생(4월 23일?).
윌리엄, 호울리 트리니티 교회에서 세례(4월 26일).
존, 역병으로 인한 빈민의 구제를 위해 다액의 기부를 함.

1565년(1세)
존, 시의 참사의원으로 피선.

1566년(2세)
존의 차남 길버트 출생(10월 13일 세례).

1568년(4세)
존, 시장에 취임.

1569년(5세)
존의 3녀 쥬오운 출생(4월 15일 세례. 사망한 장녀와 이름이 같음).

1571년(7세)
존, 시 참사원의 의장 격인 치안관에 취임.
존, 리처드 퀴니 상대로 50파운드의 채권 독촉의 소송을 제기함.
존의 4녀 앤 출생(9월 28일 세례).

1572년(8세)
귀족의 보호 없는 배우는 불량배로 취급되는 조령(條令)이 포고됨.

1573년(9세)
존, 헨리 히그퍼드에 의해 30파운드의 채무 이행의 소송을 받음.

1574년(10세)
존의 3남 리처드 출생(3월 11일 세례).
역병으로 인해 런던에서 연극 상연 금지.

1575년(11세)
존, 주택 구입에 40파운드 투자.

1576년(12세)
런던에 최초의 공개 상설극장의 건립 착수. 이것은 '극장'(The Theatre)이라 불리어졌음.

1577년(13세)
존, 이 무렵부터 공식 석상에 나타나지 않음.

1578년(14세)
존, 가옥을 담보로 40파운드의 빚을 냄(11월 14일).

1579년(15세)
존, 아내의 재산을 일부 처분함.
4녀 앤의 사망(4월 4일 매장).

1580년(16세)

존, 아내의 재산을 저당함.

존의 4남 에드먼드 출생(5월 3일 세례).

1582년(18세)

윌리엄 셰익스피어와 앤 휫틀리(Anne Whateley)와의 결혼 허가서 발행(11월 27일).

윌리엄 셰익스피어와 앤 해더웨이(Anne Hathaway)와의 결혼 보증인 연서(11월 28일. 이날 결혼함).

1583년(19세)

윌리엄의 장녀 수자나 출생(5월 28일 세례).

1584년(20세)

작자 미상의 《왕후귀감》을 웨스툰이 편찬하여 출판.

1585년(21세)

윌리엄의 쌍동아 햄네트(장남)와 주디드(차녀) 출생(2월 2일 세례).

1586년(22세)

필리프 시드니 전사(戰死).

1587년(23세)

존, 시 참사의원에서 제명당함. 윌리엄, 이 무렵에 상경(?).

스코틀랜드의 메리 여왕, 엘리자베스 여왕에 의해 처형됨(2월 8일).

1588년(24세)
스페인의 무적함대, 영국 해군에게 격파당함(7월 28일).

1590년(26세)
≪헨리 6세≫ 제 2부와 제 3부 집필(?).

1591년(27세)
≪헨리 6세≫ 제 1부 집필(?)

1592년(28세)
≪헨리 6세≫ 제 1부, 〈스트레인지 소속 극단〉에 의해 상연(?)(3월 3일).
로버트 그린, '삼문제사'에서 셰익스피어를 비난.
이 해 후반에 역병으로 런던의 극장 폐쇄.
존, 교회 불참자의 명단에 기록됨.
≪리처드 3세≫ 집필(1592~1593년).
≪착오 희극≫ 집필(1592~1593년).
≪비너스와 아도니스≫ 집필(1592~1593년).

1593년(29세)
≪비너스와 아도니스≫ 출판 등록(4월 18일). 같은 해에 4절판으로 출판(양 4절판).
≪타이터스 앤드로니커스≫ 집필(1593~1594년).
≪말괄량이 길들이기≫ 집필(1593~1594년).
≪루크리스의 능욕≫ 집필(1593~1594년).
극작가 크리스토퍼 말로 살해당함(5월 30일).

1594년(30세)

윌리엄, 〈궁내대신 소속 극단〉(Lord Chamberlain's Men)에 단원으로 참가.
《타이터스 앤드로니커스》 출판 등록(2월 6일), 동년에 4절판으로 출판(양 4절판).
《헨리 6세》 제 2부 출판 등록(3월 12일), 동년에 악 4절판 출판.
《루크리스의 능욕》 출판 등록(5월 9일), 동년 4절판으로 출판(양 4절판).
《착오 희극》 그레이 법학원에서 상연(12월 28일).
《베로나의 두 신사》 집필(1594~1595년).
《사랑의 헛수고》 집필(1594~1595년).
《로미오와 줄리엣》 집필(1594~1595년).

1595년(31세)

윌리엄, 〈궁내대신 소속 극단〉 단원으로서 최고의 기록(3월 15일).
《리처드 2세》 집필(1595~1596년).
《리처드 2세》 상연(12월 9일).
《한여름 밤의 꿈》 집필(1595~1596년).

1596년(32세)

장남 햄네드 사망(8월 11일 매장).
부친 존, 문장(紋章)의 사용을 허가 받음(10월 20일)
《존 왕》 집필(1593~1596년).
《베니스의 상인》 집필(1596~1597년).

1597년(33세)

윌리엄, 이 무렵 런던의 세인트 헬렌의 비셥게이트에서 거주함.
윌리엄, 스트래트퍼드에서 가장 아름답고 둘째로 큰 저택 뉴 플레이스(New Place)를 윌리엄 언더힐로부터 40파운드에 구입함(5월 4일).

≪리처드 2세≫ 출판 등록(8월 29일), 동년 출판(양 4절판).
≪리처드 3세≫ 출판 등록(10월 20일자), 동년 출판(양과 악의 중간의 4절판).
≪로미오와 줄리엣≫ 악 4절판 출판.
≪헨리 4세≫ 제 1부와 제 2부 집필(1597~1598년).
≪사랑의 헛수고≫, 크리스마스에 궁정에서 상연.

1598년(34세)
≪헨리 4세≫ 제 1부 출판 등록(2월 25일), 동년 출판.
≪소네트 집≫ 거의 완성(?).
수상인 윌리엄 세실 사망.
≪베니스의 상인≫ 출판 저지 등록(7월 22일).
윌리엄, 벤 존슨의 〈각인 각색〉에 출연(9월).
≪사랑의 헛수고≫ 양 4절판 출판.
≪헛소동≫ 집필(1598~1599년).
≪헨리 5세≫ 집필(1598~1599년).
프랜시스 미어스의 수기 ≪지식의 보고≫ 출판, 이 책에는 셰익스피어에 관한 여러 가지 언급이 있다.

1599년(35세)
시인 에드먼드 스펜서 사망.
풍자문학 금지(6월 1일).
에섹스 백작, 아일랜드 원정 실패.
〈궁내대신 소속 극단〉의 본거인 〈지구극장〉 개장.
≪줄리어스 시저≫ 집필, 동년 〈지구극장〉에서 상연(9월 21일).
≪로미오와 줄리엣≫ 양 4절판 출판.
≪뜻대로 하세요≫ 집필(1599~1600년).
≪십이야≫ 집필(1599~1600년).

1600년(36세)

동인도회사 설립.

≪뜻대로 하세요≫ 출판 보류 등록(8월 4일).

≪헛 소동≫ 출판 보류 등록(8월 4일), 출판 등록(8월 23일), 동년 출판(양 4절판).

≪헨리 4세≫ 제 2부 출판 등록(8월 23일), 동년 출판(양 4절판).

≪헨리 5세≫ 출판 보류 등록(8월 23일), 동년 악 4절판 출판.

≪한여름 밤의 꿈≫ 출판 등록(10월 8일).

≪윈저의 명랑한 아낙네들≫ 집필(1600~1601년).

1601년(37세)

부친 존 사망(9월 매장).

〈궁내대신 소속 극단〉 에섹스 백작 일당의 요청에 의해 왕위 찬탈극 ≪리처드 2세≫를 〈지구극장〉에서 상연(2월 7일).

에섹스 백작, 런던에서 쿠데타를 거사하여(2월 8일), 사형에 처해짐(2월 24일).

≪십이야≫ 궁정에서 상연(1월 6일).

≪햄릿≫ 집필(1601~1602년).

≪트로일러스와 크레시더≫ 집필(1601~1602년).

1602년(38세)

이 무렵 크리폴게이트(런던)에서 하숙.

스트레트퍼드 교외에 107에이커의 토지를 320파운드에 매입(5월 1일).

≪윈저의 명랑한 아낙네들≫ 출판 등록(1월 18일), 동년 악 4절판 출판.

≪햄릿≫ 출판 등록(7월 26일).

≪끝이 좋으면 다 좋다≫ 집필(1602~1603년).

1603년(39세)

일리저베드 여왕 사망(3월 24일), 튜더 왕조 끝남.

제임즈 1세 즉위하여 스튜아트 왕조 출발.

〈궁내대신 소속 극단〉, 제임스 1세의 후원 아래〈국왕 소속 극단〉으로 됨(5월 19일).

역병으로 해서 런던의 극장들은 1년이나 폐쇄.

《트로일러스와 크레시더》출판 등록(2월 7일).

《햄릿》악 4절판 출판.

1604년(40세)

《오델로》집필, 동년 11월 1일 궁정에서 상연.

《이척보척》집필(1604~1605년), 동년 12월 26일 궁정에서 상연.

《햄릿》양 4절판 출판.

1605년(41세)

〈국왕 소속극단〉《헨리 5세》를 궁정에서 상연(1월 7일).

〈국왕 소속극단〉《베니스의 상인》을 궁정에서 상연(2월 10일).

의사당 폭파 음모 사건 발각됨(12월 5일).

윌리엄, 스트래트퍼드와 그 인접 지역의 31년 간의 10분의 1세(稅)의 권리를 440파운드로 매입(7월 24일).

《리어왕》집필(1605~1606년).

1606년(42세)

의사당 폭파 음모 사건의 주모자 헨리 가네트의 처형(5월 3일).

무대에서 신을 모독하는 말을 쓰지 못하게 하는 조령(條令) 포고(5월 27일).

《맥베드》집필.

《리어 왕》궁정에서 상연(12월 26일).

≪앤토니와 클레오파트라≫ 집필(1606~1607년).

1607년(43세)
장녀 수자나, 의사 존 홀과 결혼(6월 5일).
≪리어 왕≫ 출판 등록(11월 26일).
≪코리올레이너스≫ 집필.
≪아테네의 타이먼≫ 집필.

1608년(44세)
시인 존 밀턴 출생.
수자나의 장녀 일리저베드 출생(2월 8일 세례).
모친 메리 사망(9월 9일 매장).
윌리엄, 존 애든브루크를 상대로 6파운드의 채권에 관해 소송을 제기하여 승소함(12월 17일~1609년 6월 7일).
〈국왕 소속극단〉이 실내 극장인 〈블랙프라이어즈〉를 매입, 윌리엄도 8분의 1의 주주가 됨(8월 9일).
≪앤토니와 클레오파트라≫ 출판 저지 등록(5월 20일).
≪리어 왕≫ 출판(양과 악의 중간의 4절판).
≪페리클리즈≫ 집필(1608~1609년), 동년 출판 등록(5월 20일).

1609년(45세)
≪트로일러스와 크레시더≫ 출판(양 4절판).
≪소네트 집≫ 출판 등록(5월 20일), 동년 출판.
≪페리클리즈≫ 출판(양 4절판).
≪심벨린≫ 집필(1609~1610년).

1610년(46세)

윌리엄, 이 무렵에 고향에 은퇴(?).
≪겨울 이야기≫ 집필(1610~1611년).

1611년(47세)

≪흠정 영역 성서≫ 출판.
점성가 사이먼 포맨, 〈지구극장〉에서 셰익스피어의 극을 관람한 기록이 있음.
≪맥베드≫ (4월 20일), ≪심벨린≫ (4월 하순), ≪겨울 이야기≫ (5월 15일) 등.
≪태풍≫ 집필(1611~1612년), 동년 궁정에서 상연(11월 1일).

1612년(48세)

윌리엄, 벨로트 마운트조이의 소송사건에 증인으로 출두(5월 11일, 6월 19일).
일리저베드 왕녀의 결혼 축하와 외국 사절들을 위해 〈국왕 소속 극단〉은 이 해 겨울부터 1613년에 걸쳐 20회 이상의 공연을 함.
≪헨리 8세≫ 집필(1612~1613년).

1613년(49세)

〈국왕 소속 극단〉, 〈지구극장〉에서 ≪헨리 8세≫를 상연(6월 29일).
이날 상연 때의 축포의 불꽃에 인화하여 〈지구극장〉 소실. 곧 재건립에 착수.

1614년(50세)

제2의 〈지구극장〉 6월(?)에 준공.
윌리엄, 상경(11월 17일).

1616년(52세)

윌리엄, 유언장을 기초(起草)(1월 ?).
차녀 주디드, 토머스 퀴니와 결혼(2월 10일).

윌리엄, 유언장을 다시 정리 작성하여 서명함(3월 25일).
윌리엄, 사망(4월 23일), 스트래트퍼드의 호울리 트리니티 교회에 매장(4월 25일).

1619년
토머스 파비어, 셰익스피어의 선집 출판(≪헨리 6세≫ 제 2·3부, ≪베니스의 상인≫, ≪헨리 5세≫, ≪한여름 밤의 꿈≫, ≪윈저의 명랑한 아낙네들≫, ≪리어 왕≫, ≪페리클리즈≫ 등이 수록됨).
W· 자가드, 불법으로 셰익스피어의 전집을 2절판으로 출판 기도.

1621년
≪제일 2절판 전집≫ 인쇄 착수(4월 ?).
≪오델로≫ 출판 등록(10월 6일).

1622년
≪오델로≫ 출판(양 4절판).

1623년
윌리엄의 아내 앤 사망(8월 6일 매장).
셰익스피어 극의 전집 출판을 위해 ≪태풍≫을 비롯하여 16편 극의 출판 등록(11월 8일).
셰익스피어의 동료 배우 존 헤밍그와 헨리 콘델에 의해 편찬된 셰익스피어의 극 전집 ≪제일 2절판 전집(The First Folio) 출판(연말 ?). 이 전집에는 ≪페리클리즈≫와 시는 포함되어 있지 않음.